ODES

ET

POÉSIES

PAR

H. CAMPAGNAC

Ancien Principal du collége du Puy, ancien Bibliothécaire de la ville

LE PUY

M.-P. MARCHESSOU, ÉDITEUR

Boulevard Saint-Laurent, 23

1865

ODES & POÉSIES

LE PUY, TYP. ET LITH. M.-P. MARCHESSOU.

ODES

ET

POÉSIES

PAR

H. CAMPAGNAC

Ancien Principal du collége du Puy, ancien Bibliothécaire de la ville

LE PUY

M.-P. MARCHESSOU, ÉDITEUR

Boulevard Saint-Laurent, 23

—

1865

NÉCROLOGIE

28 novembre 1863.

Vendredi dernier, la population de la ville du Puy regardait passer, émue et attristée, un nombreux cortège qui accompagnait à sa dernière demeure un homme de bien, s'il en fut jamais, M. Campagnac, notre ancien professeur, devenu un de nos plus chers amis.

La mort, qui n'oublie personne, venait de refroidir ce noble cœur, si largement accessible à tout ce qui était grand et généreux, que n'avait jamais souillé un sentiment mauvais, et d'éteindre cette belle intelligence qui, pendant une longue existence de 86 ans, avait fait la joie, la gloire et le bonheur de trois générations.

Tout le monde, en voyant défiler ce modeste convoi et ce nombreux concours d'amis, revenait en pensée vers ses jeunes années, et se rappelait avec émotion et

reconnaissance son enseignement savant et varié, toujours néanmoins approprié à l'intelligence de ses jeunes
élèves, toujours amical et paternel. On racontait sa vie
si simple et si modeste, si dévouée à son pays et à ses
amis; on se répétait ses bons mots, ses saillies pleines
d'humour ou de sel gaulois; l'on se promettait de lire
avec bonheur ses belles poésies à peine connues de
quelques intimes, dont on annonçait la publication, et
l'on se disait que le vrai triomphe de celui qui meurt est
dans les souvenirs, les regrets et les sentiments qu'il
laisse au fond des cœurs de ceux qui survivent.

Depuis quelque temps, la santé de M. Campagnac
avait subi de rudes atteintes : il était vieilli, cassé,
marchait avec peine; mais il avait conservé toute son
énergie intellectuelle; il n'était pour ainsi dire plus
qu'une âme : la mort l'a ravi, mais sans le surprendre.
— M. Campagnac n'a pas tardé à suivre son contempo-
rain et son ami, M. Bertrand de Doue. La perte de cet
homme éminent, que notre ville regrette toujours, avait
été pour M. Campagnac le coup mortel ; depuis ce fatal
moment, il s'étonnait de vivre, ne conservant pour ainsi
dire de la vie que ce qui ne pouvait mourir en lui, l'esprit et le cœur.

A dix heures un quart, un nombreux cortége accompagnait sa dépouille mortelle au champ du repos. Le
deuil était conduit par M. Titaud, secrétaire général de
la préfecture, son unique parent et son exécuteur testamentaire. Le poêle était tenu par deux de ses anciens
collègues, M. Béliben, censeur des études, et M. Guille-
mot, professeur du Lycée; par M. Mallat, percepteur

de la ville, et M. Pélissier, préposé en chef des octrois, tous deux attachés à la municipalité.

Dans la suite nombreuse, on remarquait M. le Préfet de la Haute-Loire, M. le Maire de la ville, les adjoints, M. le général Couston, M. Bertrand, ancien député, M. le Président de la Société d'agriculture, un grand nombre de membres de cette Société, le corps des fonctionnaires de l'enseignement public, et presque tous les notables de la ville.

Avant de descendre dans le caveau de sa famille et de venir reposer auprès de sa mère chérie et vénérée et du brave commandant, son frère, il a reçu les adieux suprêmes de ses anciens collègues de l'Université. L'honorable M. Béliben, censeur du Lycée du Puy, digne enfant adoptif de notre cité, a fait entendre les belles paroles que nous nous faisons un devoir et un plaisir de reproduire :

« MESSIEURS,

» Avant que cette tombe se ferme sur la dépouille » mortelle d'un homme recommandable à tant de titres, » permettez à un membre de l'enseignement public de » rendre un dernier hommage à la mémoire du profes- » seur dont la vie a honoré l'Université en même » temps que la ville du Puy qui l'a vu naître.

» M. Campagnac, dans le cours de sa longue existence, » a consacré plus de trente années à l'instruction de

» l'enfance. Combien d'entre vous ont gardé le souvenir
» de ces leçons fécondes qu'ils ont reçues de lui dans
» les classes de sixième et de cinquième.

    » Par ses connaissances approfondies de la littéra-
» ture, par les éminentes qualités de l'esprit, il aurait
» pu occuper avec éclat les chaires les plus élevées de
» l'enseignement secondaire ; mais, à l'exemple de
» Lhomond, dont il avait la méthode et l'admirable pa-
» tience, il s'était voué à la tâche ingrate mais bien
» importante de guider les premiers pas de la jeunesse
» dans l'étude, déposant soigneusement dans les intel-
» ligences encore malléables comme la cire, des em-
» preintes précieuses. Après de longues années de ce
» fructueux et penible labeur, en 1830, M. Campagnac
» était nommé principal du Collége. Il ne tarda pas à
» employer toutes les ressources de sa longue expé-
» rience à l'organisation du Lycée; et on peut dire qu'à
» ce digne fonctionnaire revient une grande part dans
» la création de cet établissement de l'Etat dans notre
» ville.

    » De telles fatigues devaient avoir un terme. Une
» pension de retraite fort exiguë et la place de biblio-
» thécaire de la ville suffirent à combler les vœux du
» professeur émérite. Des livres étaient bien l'aliment
» qu'il fallait à cet esprit distingué, ami discret mais
» passionné des belles-lettres, qui pensait que de toutes
» les occupations que les hommes peuvent choisir, la
» première est de passer sa vie à cultiver sa raison, à
» s'enrichir de vertus et de science, seuls biens que la
» mort ne peut nous ravir.

» Mais en homme de goût, en vrai savant, M. Cam-
» pagnac alliait la modestie à des qualités brillantes et
» solides, telles qu'une imagination vive, réglée sur les
» modèles du grand siècle, une justesse et une pureté
» de diction fort rares. Il en laissait parfois percer la
» trace dans des entretiens accentués, pleins de sel
» attique, qu'allaient chercher auprès de lui les fins
» connaisseurs de notre ville. Il en venait même de loin.

» — Ainsi M. Naudet, un des hommes les plus savants
» de l'Institut de France, dans ses tournées d'inspecteur
» général de l'enseignement, recherchait le Puy, afin
» d'avoir occasion de jouir de la conversation du spiri-
» tuel professeur.

» Un autre personnage marquant, M. Jullien, un des
» premiers et des meilleurs proviseurs de notre Lycée,
» aujourd'hui proviseur honoré du Lycée Louis-le-
» Grand, a gardé de M. Campagnac un souvenir que le
» temps ni la distance n'ont pu effacer. Il y a quelques
» jours à peine, à Paris, avec des instances pressantes,
» il me chargeait de rapporter à son ancien ami l'ex-
» pression d'un dévoûment inaltérable. Pourquoi faut-il
» que la mort ne m'ait pas permis de remplir cette douce
» mission autrement que je ne le fais aujourd'hui au
» bord de cette tombe !

» Mais la mort dévorerait-elle tous les fruits d'un
» talent si vrai?.... Il n'en sera pas ainsi : nous en
» avons reçu aujourd'hui l'assurance de la bouche même
» de l'honorable exécuteur testamentaire, son seul pa-
» rent, qui se propose de publier des pièces de poésie
» que notre modeste auteur a retenues de son vivant,

» et dont l'ode anonyme sur la mort de M. Bertrand
» de Doue est un spécimen remarquable. Je citerai la
» strophe fatidique qui la termine :

« Et moi qui te croyais fait pour, de loin, me suivre,
» Sous les coups que pour moi le temps semble compter,
» Chancelant je te suis, et pense ne plus vivre
     » Que pour te regretter. »

» Dans M. Campagnac, les vertus du caractère étaient
» encore, s'il est possible de le dire, au-dessus de celles
» de l'esprit. Qui n'a connu cette vie contente, noble et
» modeste, passée dans une honorable pauvreté, sans
» ambition et sans envie ? — Il offrait à la ville entière
» l'exemple du juste antique, dédaigneux de nos modes,
» de notre luxe moderne, de tous ces biens variables et
» futiles que la foule recherche. Son expérience, la
» sûreté de son jugement, son talent, son amour de
» sa ville natale, qu'il n'a jamais quittée, le désignaient
» suffisamment aux suffrages de ses concitoyens ; les
» honneurs ne lui auraient pas manqué s'il y avait tenu :
» il a préféré rester droit et ferme au milieu des entraî-
» nements vertigineux qui troublent tant d'existences.
» Il a voulu qu'il n'y eût aucune disparate dans les deux
» phases de sa longue carrière. Le culte des lettres, le
» perfectionnement de soi-même, ont dignement conti-
» nué les fonctions du professeur dévoué et modeste ;
» aussi soigneux de proscrire le solécisme dans la con-
» duite que dans le langage, sa vie a été comme un

» concert où ne s'est pas fait entendre la moindre dis-
» cordance.

» Dans cette existence si bien ordonnée, la piété ne
» pouvait faire défaut. En effet, plusieurs d'entre nous
» ont pu parfois l'apercevoir dans le coin le plus reculé
» de l'église du Collége, profondément pénétré de la
» majesté du lieu, priant Dieu, non pour lui, — ses
» besoins étaient si modestes, — mais pour ses amis,
» peu nombreux, choisis et dévoués; car sous cette
» enveloppe depuis longtemps débile, à peine vivante,
» rayonnait, dans une âme grande et fière, un cœur
» chaud, d'une exquise sensibilité, et qui n'a jamais
» défailli, même au dernier moment.

» Adieu mon digne collègue! Vous nous laissez
» l'exemple et le modèle du vrai sage... Votre souvenir
» vivra longtemps dans cette ville! »

Nous aussi, le cœur triste et navré, nous lui adressons
nos adieux; mais des adieux de quelques jours, car il
est du nombre de ceux avec lesquels nous aspirons de
toutes nos forces à nous trouver réuni un jour.

L. T.

La mort vient de frapper, à l'âge de 86 ans, un vieillard que tout le monde connaissait au Puy, et que beaucoup de personnes entouraient d'une profonde affection.

M. Campagnac, bibliothécaire de la ville, ancien professeur et principal du Collége du Puy, est décédé à la suite d'une courte maladie, laissant dans le cœur de tous ceux qui ont reçu ses leçons et vécu dans son intimité un impérissable souvenir.

C'était un homme d'un esprit sûr, d'un commerce agréable. Son imagination brillante, que les glaces de l'âge n'avaient pas refroidie, donnait à sa conversation un tour vif et animé, et l'originalité de son caractère prêtait à ses paroles un piquant et une saveur qui surprenaient et charmaient en même temps.

M. Campagnac était l'homme des temps passés. Il représentait, au milieu de générations plus jeunes, des idées et des sentiments qui n'existent plus. Sa mémoire, riche trésor de souvenirs, était une mine inépuisable d'anecdotes, où se reflétaient, dans leur transparente vérité, les usages et les mœurs des anciens habitants du

Puy. M. Campagnac n'avait jamais quitté cette ville, où il était né : il l'aimait d'un amour filial, et en suivait avec un intérêt toujours croissant les diverses transformations, qu'il se plaisait à comparer avec les choses du passé.

Homme de convictions sincères et de principes arrêtés, M. Campagnac avait une chaleureuse sympathie pour toutes les nobles causes, et il n'était resté indifférent à aucun des événements qui avaient agité la France pendant le cours de sa longue existence. Du théâtre modeste où l'avaient retenu ses goûts et ses habitudes, il avait suivi de l'œil, toujours avec intérêt, et souvent avec passion, ces grandes commotions politiques et sociales qu'avait ressenties la France, de 1789 à nos jours ; et, dans un enthousiasme poétique, il a exprimé, en vers sentis et pleins de feu, les diverses impressions que ces événements lui avaient successivement inspirées. La Révolution, l'Empire, la Restauration, le règne de Louis-Philippe, ont été tour-à-tour le sujet de nombreuses odes et de pièces de poésie qu'il aimait à réciter à un petit cercle d'amis, et que sa modestie et une injuste défiance de lui-même ne lui ont jamais permis de publier. Amateur passionné d'Horace, il l'a imité dans ses vers ; et sa muse, à la fois noble et gracieuse, a, comme lui, chanté sur des tons divers, en même temps que les gloires et les malheurs de la patrie, les charmes de la nature et les douceurs de la vie des champs.

Espérons que ces productions ne seront pas perdues, et que le pays jouira un jour de ces poésies dont les hommes de goût pourront apprécier le mérite, et qui frapperont, par un vif accent de sincérité, ceux-là même qui ne partagent pas toutes les opinions qui les ont dictées.

A M. Campagnac, professeur de l'Université et fonctionnaire public, la parole éloquente d'un ancien collègue, M. Béliben, a déjà rendu, sur le bord de sa tombe, un hommage mérité. Je suis heureux à mon tour de reproduire, dans ces lignes rapides, quelques traits de la physionomie de l'homme privé, et de faire connaître à ceux qui ont suivi M. Campagnac dans sa vie publique, ce qu'il était dans son intimité. C'est un devoir que je remplis, aussi bien qu'un hommage qu'il m'est doux de rendre à une mémoire qui me sera toujours chère.

P. M.

(Extrait du *Moniteur de la Haute-Loire.*)

ODE

SUR LA PACIFICATION GÉNÉRALE DE L'EUROPE
EN L'AN X

(1801)

Lue au théâtre du Puy le 18 brumaire de la même année

Jam satis terris nivis atque diræ
Grandinis misit Pater, et rubente
Dexterâ sacras jaculatus arces,
Terruit orbem.

Hor., lib. 1, ode 2.

Sublime dieu de l'harmonie,
Préside à nos concerts touchants ;
Du sceau magique du génie
Viens toi-même empreindre mes chants :

Pour célébrer cette journée
Donne à ma lyre fortunée
Les sons dont tu charmes les cieux ;
Viens, de cette faveur insigne
Tu n'as point vu de jour plus digne
Que ce jour à jamais heureux.

Quelle est cette aimable déesse
Qu'en triomphe je vois sortir
De ce palais où tout s'empresse
De la voir et de la bénir ?
Près d'elle marche un homme austère ;
Son œil perçant, vif et sévère,
Pour la contempler s'adoucit ;
Et satisfaite en sa présence
La déesse avec complaisance
Sur lui s'appuie et lui sourit.

Tout plaît en elle, tout attire,
Tout met les cœurs à ses genoux :
Son front, où la bonté respire,
Brille des attraits les plus doux ;
Sa taille haute, mais flexible,
Déploie un mélange sensible
D'élégance et de majesté ;
Et les grâces d'une mortelle
Pour nos yeux modèrent en elle
L'éclat de la divinité.

Une lumière éblouissante
Entoure et dore ses cheveux ;
Sa robe en longs plis ondoyante
Est peinte de l'azur des cieux ;
Autour d'elle est une ceinture
Où la Raison et la Nature
Mirent leur pouvoir tout entier ;
Dans sa main toujours chère au monde
Paraît une corne féconde
Et se balance l'olivier.

Les Muses en chœur l'environnent ;
Apollon chante ses appas ;
Vénus, les Amours la couronnent
Des fleurs qui naissent sous leurs pas ;
Les Jeux, les Ris et l'Abondance
Près d'elle entourent de leur danse
Cérès et Pomone et Bacchus ;
De gais Sylvains venant ensuite
Traînent bruyamment à sa suite
Mars et la Discorde vaincus.

A cette vue un vrai délire
S'empare de tous les esprits ;
L'air ébranlé ne peut suffire
Au concert des chants et des cris ;
A flots épais l'immense foule
Se pousse, s'entasse, se roule

Autour de ces groupes charmants ;
Et sur les pas de la déesse
Paris semble, dans cette ivresse,
S'arracher de ses fondements.

Ah ! qui pourrait te méconnaître
A tes attributs immortels,
O Paix ! toi que le ciel fit naître
Pour notre amour et nos autels ?
Qui se méprendrait sur ton guide,
Ce héros de tes dons avide,
Ton fils, ton soutien, ton appui,
Lorsqu'il s'offre aux yeux de la terre
Tout éclatant de la lumière
Que tu répands autour de lui ?

Mais n'est-ce point un vain mensonge ?
Sont-ce tes célestes rayons ?
Ton retour n'est-il pas un songe ?
Est-ce bien toi que nous voyons ?
Avec les Muses exilées
Dans nos provinces désolées
Nous ramènes-tu nos drapeaux ?
Après tant de maux et d'alarmes,
O Paix, viens-tu sécher nos larmes
Et nous redonner le repos ?

Oui, tu nous es enfin rendue ;
Enfin, ô bonheur ! ô transports !

Ta main de la France éperdue
Couronne les puissants efforts :
Nous te recevons, grâce aux braves,
Non à genoux, non en esclaves,
Mais en maîtres, mais en vainqueurs ;
Et quand le ciel à nous t'envoie,
Un noble orgueil comme la joie
A droit d'enivrer tous les cœurs.

Viens donc recueillir les hommages
D'un peuple embrassant tes autels ;
Viens voir au pied de tes images
La foule immense des mortels :
O déesse ! chacun t'encense ;
D'amour et de reconnaissance
Tout pour toi se sent enflammer ;
Si toujours armés du tonnerre,
Les rois semblent nés pour la guerre,
Les peuples sont faits pour t'aimer.

Aux lieux où fleurit ton empire
Tout rit, prospère et se polit ;
A ton approche tout respire,
Tout se ranime et s'embellit :
Par un magique caractère,
Ton nom seul même est salutaire
Aux maux que Mars fait endurer ;

Et dans l'espoir qui te précède
L'on croit déjà que l'on possède
Les biens que tu dois procurer.

Fixe désormais ton cortége
Sous un ciel si pur et si doux ;
Dans nos villes commande et siége,
Choisis ton temple parmi nous ;
Règle à jamais nos destinées,
Sur nos campagnes fortunées
Que tes yeux soient toujours ouverts ;
Du sol français fais ton domaine,
Et de là règne en souveraine
Sur le reste de l'univers.

Voudrais-tu frapper notre vue
Comme un météore éclatant
De qui la lumière imprévue
Brille et s'éclipse au même instant ?
Telle qu'en ces jours misérables
De divisions déplorables,
De revers et d'iniquités,
Où notre espoir se vit confondre
Par tous les maux qui peuvent fondre
Sur les camps et sur les cités ?

Rastadt ! ô ciel ! quel nom horrible !
Comment l'ai-je pu prononcer ?
Phœbus, que ton ordre est terrible !

A quoi veux-tu donc me forcer ?
Faut-il, quand le bonheur commence,
Qu'au bruit de son concert immense
Je mêle la voix du malheur ?
Faut-il, quand le plaisir m'inspire,
Qu'en habits de deuil je soupire
Le chant plaintif de la douleur ?

Non, non, d'un pareil sacrifice
Tu ne m'imposes point la loi ;
Tu ne veux pas pour mon supplice
User de ton pouvoir sur moi :
Par aucun sentiment contraire
Ton vœu n'est point de nous distraire
Du sentiment de notre sort ;
Mais quand le bonheur vient de naître,
Tu veux que chacun s'en pénètre
Et le savoure avec transport.

Il est donc vrai ! la France existe,
Malgré l'arrêt des potentats !
Dieux immortels ! elle subsiste,
Et s'accroît de nouveaux états !
Nous sommes ! et sans vaine audace
Nous prenons la première place
Entre les peuples étonnés,
Nous, nous qui dix ans sur nos têtes
Avons vu toutes les tempêtes
Et tous les fléaux déchaînés !

C'est à vous qu'est dû ce miracle,
Guerriers par qui votre pays
De sa gloire enfin sans obstacle
Frappe les mortels éblouis ;
Mais pour consommer ce prodige,
Combien de faits d'armes, que dis-je ?
Combien de travaux surhumains,
De coups, de merveilles terribles,
A travers des périls horribles,
Furent opérés par vos mains !

Votre masse à peine assemblée
Autour de frêles pavillons,
Soutenant sans être accablée
Le choc de mille bataillons,
Fut une digue inébranlable
Pour ce torrent épouvantable
D'ennemis acharnés sur vous,
Qui s'élançaient dans le carnage
Comme des lions pleins de rage,
Pour pénétrer jusques à nous.

Enfin renversant les barrières
Des fleuves les plus orgueilleux,
Soumettant les cités guerrières,
Franchissant les monts sourcilleux,
Dans vingt provinces enflammées
Sur les débris de vingt armées

On vit vos fières légions,
Malgré nos discordes civiles,
Fonder la grandeur de nos villes
Et la paix de nos régions.

Triomphez ! guerriers intrépides,
Chefs et soldats libérateurs !
Triomphez ! conquérants rapides,
Du monde pacificateurs !
Fiers de ce mérite suprême,
Trouvez dans le bienfait lui-même
La récompense du bienfait :
Est-il pour ce prodige insigne
Un autre salaire aussi digne
Que la gloire de l'avoir fait ?

Gloire aux braves ! que tout bénisse
Leurs noms respectés en tous lieux !
Que tout chante, que tout s'unisse
Pour les porter jusques aux cieux !
Rivaux de Linus et d'Orphée,
Venez autour de leur trophée
Confondre vos accords divers ;
Et là que vos lyres unies
Des plus savantes symphonies
Fassent retentir l'univers.

Joins-y ta présence adorable,
O Gloire ! descends parmi nous ;

Dans leur chef le plus redoutable
De ta main couronne-les tous :
Choisis ta palme la plus belle,
A ton amant le plus fidèle
Accours en faire un don nouveau ;
Entoures-en le front sublime
Du triomphateur magnanime
D'*Aboukir* et de *Marengo*.

Et toi que la bonté céleste,
Soigneuse de nous conserver,
Semble avoir dans un temps funeste
Fait naître exprès pour nous sauver ;
Rival d'Athènes et de Sparte,
Héros, grand homme, *Bonaparte*,
A ta fortune ajoute foi :
Qui fut plus heureux sur la terre ?
Qui par la paix et par la guerre
Servit mieux son pays que toi ?

Jouis, jouis avec délices
Du sentiment si mérité
De tes innombrables services
Et de ton immortalité.
Sur les genoux de la Victoire
Bois dans la coupe de la Gloire,
Bois à loisir, bois à longs traits ;

Et que sa vue augmente encore
Le feu sacré qui te dévore
Pour ses ineffables attraits.

Maintenant tu pourras te mettre
Dans un rang au monde inconnu;
Tu n'as plus qu'à vouloir pour être
Le plus grand homme qu'il ait vu :
Sois-le par un dernier miracle ;
Tu n'y dois point trouver d'obstacle,
Tous sont étrangers à ton cœur :
Tu résistas à l'infortune,
D'une force bien moins commune
Résiste encore à ton bonheur.

A côté du pouvoir suprême
Fais voir le comble des vertus,
En te ressemblant à toi-même,
En demeurant tel que tu fus :
Ne souffre pas que rien altère
Ce grand et mâle caractère
Dont la Nature t'a fait don,
Afin que ton vaste génie
Puisse opérer pour la patrie
Tout ce que lui promet ton nom.

ODE SUR L'HIVER

Insérée dans le *Mercure de France* du 23 germinal an XIII (1805)

Vides ut altâ stet nive candidum
Soracte, nec jam sustineant onus
Sylvæ laborantes, geluque
Flumina constiterint acuto?

Hor., lib. I, od. 9.

En tous lieux reportant le deuil et le ravage,
Déjà du fond du Nord au sein de nos climats,
Avec les vents glacés l'Hiver triste et sauvage
    Ramène les frimas.

Du soleil à nos yeux dérobant la lumière,
Et de froides vapeurs ceignant le ciel voilé,
Les brumes ont couvert de la nature entière
    L'empire désolé.

En nuages épais leur masse qui vient fondre
Du haut du firmament sur les monts sourcilleux,
Dans l'espace rempli semble unir et confondre
    La terre avec les cieux.

La neige par moments dans cette nuit humide,
A flocons suspendus, en vastes tourbillons,
Voltige au haut des airs, ou s'entasse rapide
    Au gré des Aquilons.

Les champs nous sont fermés : il faut aux bois tranquilles
Désormais malgré nous renoncer pour longtemps ;
De longtemps on n'ira dans leurs secrets asiles
    Chercher de doux instants.

Pour la dernière fois gravissons ces montagnes ;
Je me veux un moment sur leur cime arrêter,
Et d'un dernier regard saluer les campagnes
    Avant de les quitter.

Que leur face a changé ! Que leur beauté perdue
Excite maintenant de regrets superflus !
Celui de qui naguère elles charmaient la vue
    Ne les reconnaît plus.

Dans la morne tristesse où la terre se plonge,
Le règne si riant du brillant Dieu du jour
A l'esprit étonné ne paraît plus qu'un songe
　　Dissipé sans retour.

Feux puissants de l'Eté, charme heureux de l'Automne,
Haleine du Printemps, souffle pur, doux zéphir,
On dirait en ces lieux que le temps qu'il vous donne
　　Ne doit plus revenir.

La nature loin d'eux et du flambeau du monde
Reste sans mouvement, sans chaleur, sans ressort,
Et présente partout, en sa langueur profonde,
　　L'image de la mort.

Les bocages flétris, les forêts éclaircies
Sur les monts nébuleux blessent l'œil attristé
De leurs débris épars, de leurs roches noircies
　　Et de leur nudité.

D'un givre épais couverts, brûlés par la froidure,
Les champs n'ont plus de fruits, les jardins plus de fleurs,
Les berceaux de parfums, les gazons de verdure,
　　Ni les prés de couleurs.

Ralentissant le cours de leurs ondes rapides,
Et cachés aux regards sous un voile glacé,
Les fleuves sont sans bruit, et des ruisseaux limpides
　　　Le murmure a cessé.

Philomèle se tait : au sein de la détresse
Comme elle de l'Amour oubliant les leçons,
Les oiseaux gémissants ont perdu leur tendresse,
　　　Et fini leurs chansons.

Le laboureur fidèle à son toit solitaire,
Le berger près du sien retenant ses troupeaux,
Ne vont plus faire au loin du nom de leur bergère
　　　Retentir les coteaux.

Tout demeure muet le long des tristes plaines,
Au bord même des eaux, sur les monts, dans les airs ;
Ainsi que les cités, les chaumières sont pleines,
　　　Et les champs sont déserts.

Seulement à ce deuil de nuit et de silence
Déjà des ouragans ajoutant la terreur,
En tous lieux les Autans vont par leur violence
　　　En redoubler l'horreur.

Descendant à grand bruit du sommet des montagnes,
Ils courent en fureur de moments en moments
Bouleverser les airs et remplir les campagnes
    De longs mugissements.

Ils renversent les pins, ils brisent leurs racines,
Tourmentent les forêts, ébranlent les maisons,
Et des rocs écroulés entraînent les ruines
    Jusqu'au fond des vallons.

C'en est fait ; au milieu de leur troupe barbare
Levant son front hideux de glaçons couronné,
Le redoutable Hiver soumet tout et s'empare
    Du monde consterné.

Tout prouve son triomphe et tout semble nous dire :
Fuyez, amis des bois, loin des champs éperdus ;
Flore et Pomone ont fui, Phœbus perd son empire ;
    Les beaux jours ne sont plus.

ODE

SUR LA RUPTURE DE LA PAIX D'AMIENS
EN L'AN XI

(1803)

Après dix ans de deuil, de sang et le ravages,
Quand la Discorde à peine avait fui nos rivages,
Aux charmes du repos il faut donc renoncer ;
Il faut donc que la Paix, lorsque pour son empire
    Chaque peuple soupire,
De nos bords et des mers se voie encor chasser.

Tandis qu'à notre gloire, à notre indépendance
Son règne salutaire ajoutant l'abondance,
Consolait nos cités et ranimait nos champs,
Elle fuit tout-à-coup notre œil qui la contemple,
  Et déjà dans son temple
Un lugubre silence a remplacé les chants.

Quelles mains contre nous s'armant de perfidie,
Ont des divisions rallumé l'incendie,
Pour soustraire à nos ports les fruits de ses bienfaits ?
Quelles mains lâchement fécondes en ruines
  Ont porté les rapines
Et les maux de la guerre au milieu de la paix ?

Français, de vos bourreaux reconnaissez la rage ;
De leur jaloux effroi voilà le digne ouvrage :
Entendez-vous les cris d'Albion en fureur ?
Votre grandeur présente est pour elle une injure,
  Et son orgueil parjure
N'a pu s'accoutumer à la voir sans horreur.

C'est en vain que la paix pleinement consommée,
A la face des cieux par elle proclamée,
De l'univers entier reçut la sanction ;
Aux yeux de l'univers elle vous rend la guerre,
  Et de toute la terre
Affronte le courroux et l'indignation.

Qu'importait à ses yeux cette union naissante ?
Qu'importaient la justice auprès d'elle impuissante,
Le droit sacré des gens et la foi d'un traité,
Lorsque vous commettiez le crime irrémissible
          Pour sa haine invincible
De marcher à grands pas vers la prospérité ?

Ah ! si vous voulez d'elle une amitié durable,
Dépouillez sans retour l'assemblage admirable
Des plus brillants moyens d'opulence et d'honneur ;
Repoussez tous les dons que vous fit la Nature,
          Et sans nulle imposture
Pour vous et vos neveux renoncez au bonheur.

Embrasez vos vaisseaux, renversez vos murailles,
Devenez désormais impuissants aux batailles,
Etrangers à vos ports, inconnus sur les mers,
Et consentez enfin que dans votre patrie
          Les arts et l'industrie
Succombent accablés sous le poids de ses fers.

Oui, voilà ce que veut sa rage déchaînée :
A votre perte entière en tout temps acharnée,
Elle l'appelle encore avec emportement ;
Et de vos destructeurs le démon homicide
          Dans son Sénat perfide
A vos yeux de nouveau triomphe ouvertement.

Ecoutez, écoutez ces orateurs sinistres,
Naguère de sa haine implacables ministres,
Cabinet de brigands et conseil d'assassins :
Au sein d'un parlement que la Discorde inspire
   Reprenant leur empire,
Ils lui font à leur gré partager leurs desseins.

Toi dont tous les forfaits ont fait la politique,
Fléau des nations, monstre diplomatique,
Tu relèves ton front sanglant et détesté ;
Tu reparais entr'eux, tel qu'un astre terrible,
   Dont la présence horrible
Fait craindre tous les maux au monde épouvanté.

Aux clameurs de ce chef, dont l'esprit les anime,
Joignant de leurs clameurs l'insolence unanime,
Contre nous, chaque jour, ils tonnent conjurés ;
Chaque jour, redoublant de fureur et d'injures,
   Par vingt bouches impures
Ils répandent le fiel dont ils sont dévorés.

O mélange inouï d'imposture et d'audace !
Ils osent s'efforcer de nous mettre à leur place ;
Ils veulent nous couvrir de leur propre noirceur :
Ivres de notre sang, eux-mêmes nous accusent,
   Et de mensonge ils usent
Au point de nous prêter leur système oppresseur !

Tous leurs coups sont-ils donc sortis de la mémoire ?
D'horreurs que nos neveux pourront à peine croire
Faut-il donc dérouler l'effroyable tableau ?
Faut-il à tous les yeux, sans voile et sans obstacle,
      Présenter le spectacle
D'un chaos d'attentats pour le monde nouveau ?

Eh bien ! que ton pouvoir les glace et les confonde !
Viens répondre pour nous, sors de la nuit profonde,
Triste voix des tombeaux, élève-toi contr'eux :
Sépulcres, ouvrez-vous, vomissez leurs victimes ;
      Du fond de tes abîmes,
Mort, rejette l'amas de leurs crimes affreux !

Quel aspect ! ô terreur ! ô prodiges funèbres !
Tout l'empire des morts, désertant ses ténèbres,
Revient-il des vivants habiter le séjour ?
Les générations, dans la tombe entassées,
      Loin d'elle repoussées,
Vont-elles avec nous se confondre en ce jour ?

Dieux ! de mânes plaintifs quels chœurs épouvantables !
Quels longs gémissements et quels cris lamentables !
Que de villes en cendre et de champs ravagés !
Que de spectres hideux, que de sanglantes ombres
      Au milieu des décombres
Accusant les bourreaux des peuples égorgés !

Quiberon ! Quiberon ! plage au monde odieuse,
Où pour le nom français leur haine furieuse
D'un forfait exécrable effraya les humains,
Sur ton rocher vengeur dans ce concert horrible
          Eclate plus terrible
La voix de leurs amis foudroyés par leurs mains.

Voyez par eux la France à tous les maux ouverte,
L'Europe en feu comme elle et de débris couverte,
L'Orient désolé, plein de trouble et d'horreur,
Et leurs flottes partout de pillage assouvies
          Sur les mers asservies
Promenant le trépas, l'insulte et la terreur.

Non, ils n'ont nulle part acquis quelque puissance,
Sans y porter bientôt avec leur influence
Un morne désespoir, un long et profond deuil,
Sans y laisser, toujours barbares et rapaces,
          Quelques funestes traces
D'une ardente avarice ou d'un farouche orgueil.

L'insolente Albion a dit dans son délire :
C'est à moi qu'appartient des mers le vaste empire ;
Je le couvre en tous lieux de rapides vaisseaux ;
Au milieu des brouillards, des vents et des tempêtes,
          Je dresse mes trois têtes,
Filles de l'Océan et reines de ses eaux.

Qu'à mes désirs tout cède et se montre facile !
Malheur au peuple altier, au monàrque indocile
Qui du joug de mes lois prétendrait s'affranchir !
Il n'est point d'appareil que mon bras ne déploie ,
          Point de coups qu'il n'emploie ,
Pour écraser sa tête ou la faire fléchir.

Fuyez, fantômes vains d'honneur et de justice !
Fuyez, n'attendez point qu'à vous je m'asservisse !
Il n'est point de pudeur, ni d'équité pour moi :
Mon intérêt, voilà tout ce que j'envisage ;
          Il est sans nul partage
Ma boussole, mon guide et ma suprême loi.

A troubler les Etats consacrant mes richesses,
Je m'armerai contr'eux du pouvoir des largesses,
Et je tourmenterai l'univers de mon or :
Circulant dans le sein des nations rebelles,
          Il deviendra pour elles
Un germe empoisonné de souffrance et de mort.

France, empire odieux dont le repos me tue,
En vain à la faveur de la paix revenue
Tu veux de tous les arts déployer la grandeur :
Ne crois pas m'échapper, rivale que j'abhorre ;
          Je puis, je puis encore
Arrêter ton essor et glacer ton ardeur,

Poursuivant sur les eaux ta naissante fortune,
Je veux à ton commerce interdire Neptune,
De revers et d'effroi remplir tes ports nombreux,
Les ceindre de vaisseaux, les entourer de foudre,
　　　　Pour y réduire en poudre
Leurs derniers pavillons fracassés sous leurs yeux.

Je ferai tout-à-coup, au sein de tes contrées,
Eclater des partis les fureurs concentrées ;
J'exciterai partout leurs restes expirants,
Et je déchaînerai de nouveau dans tes villes
　　　　Les discordes civiles,
Les crimes destructeurs et les maux dévorants.

A ces coups imprévus, menace, accuse, tonne ;
Tes bruyantes clameurs n'auront rien qui m'étonne :
Arme tous tes soldats contre moi courroucés ;
Tranquille malgré toi, sans craindre pour mes portes,
　　　　J'attendrai leurs cohortes
Sur l'abîme des flots autour de moi pressés.

Où sont pour le franchir tes escadres puissantes ?
A travers mes vaisseaux et les mers mugissantes
Pourras-tu d'un combat m'envoyer le danger ?
De tes chantiers déserts, de tes ports solitaires
　　　　Tes phalanges altières
Iront-elles couvrir un rivage étranger ?

Non, non, sans m'effrayer et sans pouvoir m'atteindre,
Leurs foudres dans les eaux loin de moi vont s'éteindre,
Maudissant chaque jour la rigueur du Destin
Et l'obstacle éternel des flots inaccessibles,
     Ces guerriers invincibles
Réjouiront mes fils de leur courroux lointain.

Ainsi parle Albion, fière de tous ses crimes.
Mais les funèbres cris de ses tristes victimes
Ont contr'elle des Dieux réveillé la fureur :
Les Dieux les consolant dans les royaumes sombres,
     Pour apaiser leurs ombres,
A leur foule plaintive ont prédit un vengeur.

Tremble, indigne ennemie, à son nom redoutable !
Il vit, il vit encor ce héros indomptable !
Il vit malgré les coups dont tu poursuis ses jours :
Né pour être sans cesse un obstacle à ta rage,
     Dans ce nouvel orage
De tes lâches succès il va rompre le cours.

Eh ! quoi, ne vois-tu point son céleste génie,
Soulevant les Français contre ta tyrannie,
Comme un vaste géant s'élever sur les mers ?
N'entends-tu point, toujours formidable et puissante,
     Sa voix retentissante,
Qui change autour de nous l'aspect des flots amers ?

Vois sous l'abri des feux que lancent nos limites
Ces vaisseaux imprévus et ces flottes subites ,
Qui semblent tout armés être sortis des eaux ;
Vois à leur perte en vain tes voiles animées
      Devant eux transformées
En complaisants témoins de nos hardis travaux.

Déjà de toutes parts nos phalanges brillantes
Sur nos bords rassurés volent impatientes
De porter dans ton sein le carnage et l'effroi ,
Et d'un œil enflammé mesurent l'intervalle
      Dont une onde fatale
Pour peu de temps encor les sépare de toi.

Guerriers, chefs et soldats, élite magnanime ,
Gardez jusques au bout cette ardeur unanime,
Présage des revers de nos vils ennemis ;
Vous parviendrez enfin au moment favorable
      D'un exploit mémorable
A vos mâles vertus par le Destin promis.

C'est vous, n'en doutez point, dont la valeur suprême
Doit enchaîner l'orgueil et l'insolence extrêm ;
D'un peuple à qui nul frein n'est désormais connu,
Et dont, depuis cent ans, la funeste puissance
      Pour le monde et la France
N'est qu'une longue injure , un crime continu.

Et toi qui les conduis, demi-Dieu de la guerre !
Serais-tu donc venu de nos jours sur la terre,
Pour y voir triompher le monstre d'Albion ?
Le temps de tes exploits, l'âge qui te vit naître
     Pourraient-ils ne pas être
Le siècle fortuné de sa destruction ?

Ah ! puisque vous avez, malgré tous les obstacles,
A force de travaux, d'audace et de miracles,
Sauvé votre pays des plus affreux revers,
A cet honneur sublime une illustre victoire
     Couronnant votre gloire,
Ajoutera celui de venger l'univers.

Ne parlez plus de paix aux chefs de l'Angleterre ;
La paix n'est plus pour eux qu'une ruse de guerre ;
Avec eux maintenant rien ne peut l'assurer :
Tous les fléaux que Mars dans sa fureur déchaîne,
     Pour leur perte prochaine,
Voilà, voilà la paix qu'il leur faut préparer.

Marchez, et remplissant leurs bords de funérailles,
Que par vous sans retour au sein de leurs murailles
Le trident soit brisé dans leurs sanglantes mains ;
Et que sur les débris de leurs tours enflammées
     Soient enfin proclamées
La liberté des mers et la paix des humains.

ODE AUX MUSES

SUR LA CAMPAGNE

(1803)

Muses, c'est pour vous que sont faites
Les plus hautes cimes des monts ;
C'est dans la paix de leurs retraites
Que se plaisent vos nourrissons.
Ceux que pour mille soins stériles
Un sort cruel au sein des villes
Tient tristement emprisonnés,
Dans cet exil dont ils gémissent,
Vers ces campagnes qu'ils chérissent
Ont les yeux sans cesse tournés.

A cette heure où le jour décline
Naguère j'aperçus Mysis
Sur le penchant d'une colline
A l'ombre d'un vieux chêne assis.
Sa voix solitaire et plaintive
Fit à mon oreille attentive
Entendre un chant plein de douleur :
Sur tous ceux que Phœbus inspire
Des champs il célébrait l'empire
Et se plaignait de son malheur.

« Charmant spectacle des campagnes,
Rideaux pittoresque des bois,
Fleuve chéri, vallons, montagnes,
S'écria-t-il, je vous revois !
Quel air de fête et d'allégresse
Le printemps avec sa richesse
A répandu dans ces beaux lieux !
De cette pompe environnée,
Que la jeunesse de l'année
Se montre brillante à mes yeux !

L'astre éclatant de la lumière
Au centre des cieux reporté
A recommencé sa carrière
De gloire et de fécondité.
Par lui revenant à la vie
Pour rendre à la terre engourdie
Tous ses trésors enfin rouverts,

La Nature naguère morte
A secoué puissante et forte
Le triste linceul des hivers.

Du temps heureux qu'il nous ramène
A l'envi marquant le retour,
Partout avec la voix humaine
Mille autres bruissent tour-à-tour.
Les troupeaux dans les pâturages,
Philomèle au fond des bocages,
Les oiseaux volant sous le ciel,
Le laboureur et la bergère
Remplissent la campagne entière
De leur concert universel.

Déjà sans brume et sans froidure,
Les cieux ont repris leur azur,
Les ruisseaux leur plus doux murmure,
La Loire son flot le plus pur.
Des monts le vaste amphithéâtre
Autour de l'horizon bleuâtre
Montre leurs fronts moins ténébreux ;
Et les gazons qui s'y répandent
Sous les troupeaux qui s'y suspendent
Chaque jour naissent plus nombreux.

Déjà les moissons ondoyantes,
Au souffle parfumé des vents,

3

Le long des plaines verdoyantes
Roulent leurs flots toujours mouvants.
Les champs, les vergers, les prairies
De leurs couleurs toutes fleuries
Offrent le coup-d'œil enchanteur ;
Et les feux du jour qui les frappent
Font dans les bois qui leur échappent
Revivre l'ombre et la fraîcheur.

Que ces forêts silencieuses,
Ces monts, ces rochers menaçants
Par leurs beautés majestueuses
Sur le poète sont puissants !
O Muses, ô troupe immortelle,
Que dans ces lieux tous vous rappelle
Aux cœurs qui sont remplis de vous !
Pour qui vous a rendu les armes
Qu'ici votre empire a de charmes !
Qu'ici vos mystères sont doux !

O trois fois heureuse la vie
Du mortel soumis à vos lois
Qui peut, au gré de son envie,
Habiter les champs et les bois !
Qui se voit là libre et tranquille,
Et que dans son modeste asile
La douce médiocrité
Maintient à pareille distance
Des embarras de l'opulence
Et des maux de la pauvreté !

C'est bien pour lui qu'a tout son charme
La riante maison des champs,
Pour lui que la Nature s'arme
De ses attraits les plus touchants :
Pour lui les pins ont un langage,
Les oiseaux un plus doux ramage
Et les solitudes des voix ;
Pour lui les Nymphes dans les plaines,
Sur les monts et près des fontaines
Règnent ainsi qu'au fond des bois.

Avec vous, Muses, pour compagnes,
Avec votre prisme enchanteur,
L'aspect si changeant des campagnes
Est pour ses yeux toujours flatteur.
Ombres du soir, feux de l'aurore,
Riants vallons que le jour dore,
Monts que semble agrandir la nuit,
Deuil des hivers plein de tristesse,
Des étés splendide richesse,
Tout l'intéresse ou le ravit.

Pour lui quelles heures propices
Lorsque ce fils de vos leçons
Au sein des bois sous vos auspices
Méditant de nobles chansons,
Dans quelque clairière écartée
Sur la pelouse veloutée
Mollement laisse errer ses pas,

Ou le long des vertes prairies
Des poétiques rêveries
Goûte les plaisirs pleins d'appas !

Quels moments quand sans nulle entrave
Respirant avec volupté
L'air balsamique, l'air suave
Des champs et de la liberté,
Sur un sommet couvert d'ombrage
Il peut d'un poète ou d'un sage
Ecouter la puissante voix,
Et s'enivrer à l'harmonie
De la nature et du génie
Le charmant tous deux à la fois !

Quels moments lorsque la nuit tombe,
Et que de l'airain gémissant
Le triste son, voix de la tombe,
Adieu de l'homme finissant,
Des monts frappant les masses sombres,
Au sein du silence et des ombres
Dans les airs jusqu'à lui porté,
Par un contraste qui l'enflamme,
En même temps parle à son âme
De mort et d'immortalité !

Dans un séjour où tout respire
Un calme aux villes inconnu,

Muses, sous votre heureux empire
En tout temps ainsi maintenu,
Il ne voit nul pouvoir contraire
Pour son supplice le soustraire
A votre douce obsession,
Et peut sans obstacle à son heure
Ouïr la voix intérieure
De la vive inspiration.

Mais vous voyez sans jalousie
Qu'il mêle avec sincérité
Au culte de la poésie
Celui d'une autre déité.
L'honorant comme il la révère,
Vous n'avez point un front sévère
Quand sous son toit hospitalier
L'amitié que rien ne remplace
Auprès de vous vient prendre place
D'un air aimable et familier.

Qu'il est heureux de voir à table
Quelques amis, le verre en main,
Retrouver pour eux véritable
La joie antique du festin,
Sous un haut dôme de feuillage,
Au milieu de son vaste ombrage
Oubliant les feux du Lion,
Ou près du foyer tutélaire
Des hivers bravant la colère
Et les assauts de l'Aquilon!

Dans cette suite fortunée
De doux travaux, de doux loisirs,
Pour lui le cercle de l'année
N'est que celui de ses plaisirs.
A la Nature qu'il contemple
De sa demeure il fait un temple
Dont il vous partage l'autel ;
Sûr de trouver dans cet asile
Pendant sa vie un sort tranquille,
A sa mort un nom immortel.

O gloire, ô sublime assurance
De vivre encor dans l'avenir !
Oh ! que n'ai-je aussi l'espérance
Que jeune il eut de t'obtenir !
Dans quelque riant hermitage
Comme lui que n'ai-je en partage
Du repos toutes les douceurs,
Et le bonheur inexprimable
De vivre sous l'empire aimable
Des dieux Sylvains et des neuf Sœurs !

Hélas ! la Fortune cruelle
M'en a refusé le pouvoir ;
Champs bien-aimés où tout m'appelle,
Je ne puis que vous entrevoir.
A peine une courte journée
Pour vous parcourir m'est donnée,
Qu'il faut ailleurs porter mes pas ;

Campagnes où je crois renaître,
Je ne vous vois que pour connaître
Tout le bonheur que je n'ai pas.

A ce jour de vive allégresse
Que je passe à vous visiter
En succède un plein de tristesse
Le matin qu'il faut vous quitter.
Tout mon séjour n'est qu'une course
Où pour moi se rouvre une source
D'amers regrets et de douleur :
Le mal me vient de votre charme,
Ma joie est tout près d'une larme,
Et mon plaisir est un malheur.

De retour aux murs que j'habite
Et dont l'air déjà m'engourdit,
Des beautés du lieu que je quitte
Pour moi la ville s'enlaidit.
Avec le gazon d'une plaine
Les durs pavés où je me traîne
M'offrant leur contraste odieux,
A tant d'aspects faits pour me plaire
D'un noir labyrinthe de pierre
Font succéder l'aspect affreux.

Ainsi sous des voûtes humides
Ces malheureux emprisonnés,

Pour quelques heures trop rapides
Au grand jour parfois ramenés,
Quand ils ont ouvert leur paupière
Au vif éclat de la lumière
Qui les inonde de ses flots,
Rejetés dans leurs murs immondes,
Trouvent encore plus profondes
Les ténèbres de leurs cachots.

Dans ces prisons où je m'arrête,
Le lourd ennui, courbant mon front,
De moi s'empare et sur ma tête
Appesantit sa main de plomb.
D'un travail aride et sauvage
S'y joint encore le servage
Dont le Sort m'imposa la loi ;
Et dans le souci qu'il me donne
Muses, votre esprit m'abandonne,
Et vous vous retirez de moi.

C'est ainsi que de ma jeunesse
Passent les ans inaperçus,
Malgré la flatteuse promesse
Qu'autrefois de vous je reçus.
Pour mon nom sans laisser de trace,
Les jours des jours prennent la place
A ma vie en vain ajoutés ;
Et pourtant tous ces jours si vides
Au livre des Parques avides
Comme jours pleins me sont comptés.

Cédant au sort que je déplore,
Me faut-il reconnaître enfin
Que pour vous, Muses que j'adore,
Tout mon amour doit rester vain ?
Sera-ce pour rien qu'en mon âme
S'alluma jadis cette flamme
Que dans ce temps tout vient nourrir ?
Loin de vous, filles de Mémoire,
Faudra-t-il donc vivre sans gloire ?
Tout entier faudra-t-il mourir ? »

C'était ainsi que l'âme pleine
De tourments qu'il gardait secrets,
Mysis croyait conter sa peine
Aux seuls habitants des forêts.
Emu de sa plainte touchante,
J'étais encore dans l'attente
Quand pour s'éloigner il se tut,
Et que regagnant les bois sombres,
Dans la profondeur de leurs ombres
Il se perdit et disparut.

ODE

SUR LA RUPTURE DE LA PAIX DE LUNÉVILLE
ET LA CAMPAGNE DE L'AN XIV (AUSTERLITZ)

(1805)

Lue au théâtre du Puy, le 1ᵉʳ de janvier 1806

> *Non Laërtiadem, exitium tuæ*
> *Gentis, non Pylium Nestora respicis?*
> *Urgent impavidi te Salaminius*
> *Teucer, te Sthelenus sciens*
> *Pugnæ, etc.* . . . .
>
> HOR. Lib. I. Od. 15.

Le démon d'Albion a détourné l'orage :
Aux bords de l'Océan il brave sans courage
Le courroux du grand peuple en d'autres lieux porté :
L'avarice et l'orgueil, pour lui d'intelligence,
      Arrêtent la vengeance
Qui menaçait déjà son antre détesté.

Toujours inépuisable en complots sanguinaires,
Par des soutiens vendus et des bras mercenaires
Aux bras sur lui levés il dérobe son flanc :
Du commerce usurpé dissipant les richesses
     En funestes largesses,
De l'or des Nations il achète leur sang.

Délivré des dangers qu'à l'Europe il renvoie,
Le monstre laisse enfin d'une féroce joie
Éclater les transports sur son front ténébreux ;
A jouir du carnage en grondant il s'apprête,
     Et loin de la tempête,
Des maux qu'il va causer il rit d'un air affreux.

Naguère ses vaissaux, affamés de victimes,
Sous les lois de la paix, jouet de tant de crimes,
Massacrent l'Espagnol pour ravir ses trésors ;
Sa rage en l'égorgeant lui déclare la guerre,
     Et les rois de la terre
De soldats et de feux ne couvrent point ses bords.

Que dis-je? ô de nos jours opprobre ineffaçable!
Comme pour applaudir à ce coup détestable,
Deux monarques ligués deviennent son appui ;
Deux monarques servant sa fureur impunie,
     Avec ignominie
Consacrent ses forfaits en s'unissant à lui.

Dans son ingratitude et son audace extrêmes,
De nos propres bienfaits armé contre nous-mêmes,
François de ses guerriers lui livre le secours;
Et tendant les deux mains à l'or de l'Angleterre,
  Un descendant de Pierre
Vend son peuple aux bourreaux de l'auteur de ses jours.

Déjà des fiers Germains les bandes déchaînées,
Inondant de Munich les plaines consternées,
Menacent nos confins du sceptre des Césars;
Et le Nord, vomissant ses cohortes sauvages,
  Promet à leurs ravages
La terre des héros, des talents et des arts.

Aveugles bataillons, rois de carnage avides,
Croyez-vous donc au gré de vos desseins perfides
Nos généreux soldats enchaînés près des mers?
Espérez-vous trouver moins prompts et moins terribles
  Tous ces chefs invincibles
Brillants de votre honte et grands de vos revers?

Vous allez les revoir..... Déjà Murat s'avance;
Avec Lanne et Berthier la terreur le devance;
A Bessières, à Soult vous n'échapperez pas;
Ney, Davoust, Bernadotte ont repris cette épée
  De votre sang trempée,
Qui bientôt dans vos rangs doit porter le trépas.

En vain contre Marmont vous allez vous débattre ;
Klein, Vandamme, Oudinot brûlent de vous combattre ;
Beaumont, Suchet, Loison vous pressent à la fois ;
Augereau, Masséna, vieux enfants de la gloire,
      Vont à votre mémoire
Rappeler par leurs coups leurs antiques exploits.

Voyez, de sa grandeur écartant les entraves,
Son tonnerre à la main, le puissant roi des braves
Sur le Rhin frémissant les conduire à grands pas :
Toujours changeant de rôle et toujours à sa place,
      Avec splendeur il passe
Des camps dans les conseils et du trône aux combats.

Perdez de l'abaisser l'espérance frivole ;
C'est toujours ce héros d'Aboukir et d'Arcole
Qui rendit tant de fois vos efforts superflus :
Par un nouveau miracle il va vous en convaincre ;
      Il n'est point las de vaincre,
Si vous ne l'êtes pas d'être toujours vaincus.

A sa voix si connue, ardentes, intrépides,
Des bords de l'Océan nos phalanges rapides
Dans vos champs étonnés ont volé loin de nous :
Lorsque vous les croyiez s'agitant incertaines
      Sur des plages lointaines,
Les voilà, les voilà qui s'élancent sur vous.

Tel qu'au souffle des vents un affreux incendie
Au travers des forêts se roule avec furie,
Dévorant dans sa course arbres, genêts, gazons;
Tels, malgré vos remparts que des fleuves défendent,
     A longs flots se répandent
Au sein de vos états nos épais bataillons.

Admirez en tremblant l'imposante harmonie
Que de Napoléon le tout-puissant génie
Met dans les mouvements de tant de vastes corps :
Donnant à tous l'emploi que chaque instant réclame,
     Sa pensée en est l'âme,
Et de tous à la fois fait jouer les ressorts.

Déjà son ascendant partout se manifeste ;
Chaque pas du héros est un revers funeste
Pour vos chefs séparés, affaiblis, confondus :
Jusqu'au sein de vos murs poursuivis par sa foudre,
     Prête à les mettre en poudre,
A ses pieds sans combats ils tombent éperdus.

Phalanges des Germains, dans vos villes altières,
C'en est fait, sous le joug vous passez tout entières :
Ce triomphe est pour lui l'ouvrage d'un moment ;
Et les peuples lointains, que tout y doit surprendre,
     A la fois vont apprendre
Votre attaque perfide et votre châtiment.

Ce farouche allié, sur les pas de ses princes,
Pour porter le carnage au sein de nos provinces,
Des bouts de l'univers près de vous accouru,
Va bientôt, partageant une chute si prompte,
      Subir la même honte,
Frappé d'un coup terrible avant d'avoir paru.

ODE SUR STHÉNIE

Où suis-je? dans mon cœur quel changement extrême
Y cause ce désordre et ces tourments nouveaux?
Quel pouvoir inconnu, m'enlevant à moi-même,
  A détruit mon repos?

Pourquoi suis-je agité? D'où vient que je soupire?
Quelle main dans mon âme a porté les ennuis?
Qui fait couler mes pleurs, hélas! et que veut dire
  La tristesse où je suis?

Je promène partout ma sombre inquiétude;
Contre elle mes efforts sont partout superflus :
Je vais, lassé du bruit, chercher la solitude,
  Et j'y souffre encor plus.

A mes pas attachée, une image charmante
Vient m'offrir en tous lieux son prestige vainqueur;
Souvent je crois entendre une voix pénétrante
    Retentir dans mon cœur.

Aussitôt immobile et respirant à peine,
J'écoute.... je me perds dans cet enchantement;
Mais l'erreur se dissipe, et sa douceur trop vaine
    Redouble mon tourment.

Pour en trouver la fin, si je veux sur ma lyre
Faire entendre aux héros quelques mâles accents,
Ma main n'obéit plus, et malgré moi n'en tire
    Que des sons languissants.

Insensé! peux-tu donc plus longtemps par toi-même
Sur ton propre malheur être encore trompé?
Ne vois-tu point en lui la puissance suprême
    Du Dieu qui t'a frappé?

Dans l'objet fugitif dont ton âme est ravie,
Au mal dont tu te sens accablé chaque jour,
Reconnais, reconnais l'image de Sthénie
    Et les coups de l'Amour.

Voilà ce qu'annonçaient cette joie inconnue,
Ce mélange confus de trouble et de plaisir
Dont partout en secret à sa première vue
    Tu te sentais saisir.

Ah! si de te guérir la force encor te reste,
Arrache de ton cœur le trait qui l'a percé,
Et repousse avec lui d'un triomphe funeste
    Le désir insensé.

Vainement les plaisirs que Cythère rassemble
A tes yeux enchantés déjà viennent s'offrir;
Le repos et l'amour n'habitent point ensemble;
    Nul n'aime sans souffrir.

Noir cortége du Dieu, l'importune contrainte,
Les tourments de l'absence et son profond ennui,
La jalousie en feu, les périls et la crainte
    Marchent autour de lui.

Mais du parfait bonheur fût-il toujours le père,
L'objet de tous tes vœux pourras-tu l'enflammer?
Est-ce tout qu'un cœur tendre? Et si l'on ne sait plaire,
    Que sert, hélas! d'aimer?

Les Grâces, tu le sais, n'ont point à ta naissance
D'un regard favorable honoré ton berceau,
Et sur ton humble front jamais de leur puissance
    N'ont imprimé le sceau.

A leurs présents flatteurs cependant la Nature
Donna de tout charmer le privilége heureux;
Et sans doute du cœur la route la plus sûre
    Se trouve dans les yeux.

Si donc de ce repos que l'homme sage adore
La perte n'a plus rien dont tu sois alarmé,
Du moins songe au malheur cent fois plus grand encore
    D'aimer sans être aimé.

ODE SUR STHÉNIE

Je l'ai revue, ah, qu'elle est belle !
Que l'œil se complaît dans ses traits !
Qu'un charme qu'on ne sent qu'en elle
Embellit encor ses attraits !
Pour moi quelle atteinte imprévue
Dans cette fatale entrevue,
De mon repos nouvel écueil !
Quel coup du sort, que je déplore,
De sa porte, inconnue encore,
M'a forcé de franchir le seuil !

Nuits d'abandon et de folie,
Nuits dont la magique clarté
Rend la laideur presque jolie
Et fait resplendir la beauté,

Nuits d'illusion et d'ivresse,
Où dans mon âme la tendresse
S'introduisait par tous mes sens,
Oh ! qu'ont redoublé mes alarmes,
Quand loin de vous j'ai vu ses charmes
Encor plus vrais et plus puissants !

En entrant dans cette demeure,
Objet d'intérêt et d'effroi,
Où depuis je crois à toute heure
La voir encore devant moi,
Au pied de ces rampes sévères,
Des sentiments les plus contraires
Mon âme ressentait les coups ;
Et sur ces marches saisissantes
Mes forces presque défaillantes
Se refusaient à mes genoux.

Je la revois à cette place
Où de son charmant entretien
Le naturel rempli de grâce
Brillait encor dans son maintien,
Tandis que m'oubliant moi-même,
Par un élan d'amour suprême
En secret vers elle emporté,
Dans une sorte de délire,
Je subissais le double empire
De l'esprit et de la beauté.

Mais enfin quand, l'âme ravie,
Je dus m'arracher de ces lieux,
Il me sembla laisser ma vie
Dans ce séjour fait pour les dieux.
Par un accablement extrême,
Je sentis alors en moi-même
Remplacer les enchantements,
Dans leur impression profonde
Emportant la source féconde
De nouveaux et cruels tourments.

Par un contraste qui me tue,
Maintenant j'unis sans espoir
Au vif regret de l'avoir vue
Le désir pressant de la voir.
Quand je consulte la sagesse,
Bientôt la voix de la tendresse
Vient se faire entendre à son tour;
Et dans l'ardeur qu'elle m'inspire,
Vers celle pour qui je soupire
Mon cœur s'élance avec amour.

Mais prêt à courir auprès d'elle
De plaisir déjà transporté,
Par une crainte trop réelle
Soudain je me sens arrêté.
Il me semble voir de ma flamme
Le secret caché dans mon âme

Pour tous lisible sur mon front,
Et je m'effraye à la pensée
Que ma passion insensée
Peut compromettre un jour son nom,

De mon côté sans espérance,
Pour mon amour je ne prévoi
Que l'accueil de l'indifférence,
Ou du secret la dure loi.
Dans cette triste perspective
D'une cruelle alternative
Les deux termes me sont offerts :
Il faut qu'un des deux s'accomplisse ;
Si je me tais, c'est un supplice,
Et si je parle, je me perds.

Par tant de sujets de contrainte
Chaque jour ainsi combattu,
Entre la tendresse et la crainte
Je demeure enfin abattu.
Dans ce cercle où l'Amour l'enserre
Mon cœur se flétrit et se serre
Sous la main de fer qui l'étreint ;
Et succombant à la tristesse,
Dans la langueur où je m'affaisse
Mon esprit se meurt et s'éteint.

Et pourtant bien que de courage
Ces tourments me mettent à bout,
Ils tirent de sa douce image
Un attrait qui se mêle à tout.
A ma passion infinie
Souffrir à cause de Sthénie
Ne semble point trop douloureux ;
Et mon âme encor satisfaite
Sent une volupté secrète
A me voir ainsi malheureux.

Quel bien on trouve dans les larmes
Que nous font répandre tes coups !
Que tes souffrances ont de charmes,
Amour, et que ton mal est doux !
Lors même qu'avec amertume
Je vois ce mal qui me consume,
Tu me le fais encor chérir ;
En gémissant de ma blessure,
Je craindrais qu'une main trop sûre
N'eût le pouvoir de la guérir.

Qu'ai-je dit? Heureux de ma peine,
Veux-je donc faire mon destin
D'une poursuite à coup sûr vaine
Et d'un esclavage certain?
Dans cette activité stérile
Pendant ma jeunesse inutile,

Vais-je, sans calme et sans loisir,
Des neuf Sœurs déserter l'empire,
Et de leurs faveurs où j'aspire
Oublier même le désir ?

Sous un joug plus lourd que le vôtre,
Muses, vais-je donc me courber
Pour un regard que sur un autre
Je verrai peut-être tomber ?
Après une pareille injure,
Comment moi malheureux parjure,
L'esprit glacé, le cœur flétri,
Oserais-je venir ensuite
Me remontrer à votre suite,
Honteux, impuissant et meurtri ?

Ah ! plutôt sachons mettre un terme
A des combats trop superflus
En m'imposant d'une âme ferme
Le serment de ne la voir plus.
A l'Amour privé d'espérance
Otons ainsi toute assurance
Que jamais revienne son tour ;
Et par cet obstacle invincible
Rendons désormais impossible
De mes faiblesses le retour,

De sa porte pour moi murée
Que jamais le fatal marteau
Sous ma main trop mal assurée
Ne retentisse de nouveau.
Tenons-nous toujours si loin d'elle,
Que de mon oreille rebelle
Son nom ne puisse plus s'ouïr :
Contre l'Amour, que rien n'arrête,
Le succès est dans la retraite ;
N'en est vainqueur que qui sait fuir.

ODE SUR STHÉNIE

Qu'au triomphe j'eus tort de croire
Quand j'entrepris contre l'Amour
Cette guerre dont chaque jour
M'offre une lutte sans victoire !
Que chaque jour plus convaincu
Du pouvoir qu'il a de m'abattre,
Je vois bien qu'avant de combattre
J'étais, hélas, déjà vaincu !

Du secours de la raison même
Vainement je prétends m'armer ;
C'est quand je ne veux plus aimer
Que je sens le mieux combien j'aime.

Sans se montrer, sans le savoir,
Dans mon cœur triomphe Sthénie ;
Et quand ma bouche la renie ,
Il ne bat que pour la revoir.

Non, je ne crois plus que l'absence
Désormais l'en puisse bannir :
La craindre , c'est m'en souvenir ;
Quand je la fuis, c'est que j'y pense.
Dans cet effort de tous les jours
Se montre encore ma faiblesse ;
Contre Sthénie armé sans cesse ,
D'elle je m'occupe toujours.

Depuis deux mois que je l'évite
Qu'ont produit tant de vains combats ?
Loin d'elle je porte mes pas,
Mais mon cœur demeure à sa suite.
Pour moi ce moyen est à bout :
Rien ne sert qu'elle soit absente ,
Lorsque son image incessante
A mes yeux la montre partout.

Si quelque rencontre fortuite
De loin me la fait entrevoir,
Aussitôt, pour mon désespoir,
Je sens ma fermeté détruite.

A cet aspect inattendu
Qui bouleverse tout mon être,
De moi je ne suis plus le maître,
Et ne m'éloigne qu'éperdu.

Est-ce donc un charme invincible
Que le sort a jeté sur moi ?
Au pouvoir qui me fait la loi
Me soustraire est-il impossible ?
Ce calme dont j'étais si fier
Pour moi ne saurait-il renaître,
Et demain ne puis-je pas être
Ce que j'étais encore hier ?

Faut-il, sans plus de résistance
A son empire incontesté,
Voir enfin dans cette Beauté
L'arbitre de mon existence ?
A ses pieds faut-il sans retard
Lui déclarer qu'elle peut faire
D'un seul mot toute ma misère,
Ou tout mon bonheur d'un regard ?

Non, non ; ma fierté lui dénie
Un pouvoir si désespérant ;
Quel que puisse être le tyran,
Je repousse la tyrannie.

La force de m'en préserver
Me reste encore, et cette Belle
N'est après tout qu'une mortelle,
Que l'œil d'un mortel peut braver.

Oui, j'ai grand tort quand je m'inflige
De la fuir tout ce vain tourment,
Et sans doute l'éloignement
Fait la moitié de son prestige.
Quelques jours à suivre ses pas
Je n'ai qu'à mettre mon étude,
Pour dissiper par l'habitude
L'illusion de ses appas.

Voyons-la sans que rien m'émeuve;
Déjà sûr de ma liberté,
Sachons avec tranquillité
Subir encore cette épreuve.
Je veux sans trouble et sans effroi
Contempler sa beauté suprême,
Pour me bien prouver à moi-même
Qu'enfin je suis maître de moi.

ÉLÉGIE SUR STHÉNIE

Qu'ai-je fait, malheureux, et que prétends-je encore ?
Ai-je pu de Sthénie ignorer le pouvoir ?
Quand j'ai cru la haïr, fallait-il la revoir ?
Je voulais la braver, hélas ! et je l'adore.
Depuis ce jour fatal des plus contraires vœux
  J'éprouve le tourment extrême ;
Je suis à tout moment en guerre avec moi-même,
  Et ne sais plus ce que je vœux.
Je la trouve adorable et la nomme cruelle ;
Je la cherche, et voudrais ne pas la rencontrer ;
Je l'aime et je la hais, je la fuis et l'appelle ;
Je chéris son empire, et veux m'en délivrer ;
Et dans tous ces combats à l'Amour seul fidèle,
  Mon cœur, quand je suis auprès d'elle,
Du plaisir de la voir ne sait que s'enivrer.

5

Mais pour un sentiment, hélas! inévitable
     Comment espérer du retour?
     Ah! plus je sens qu'elle est aimable,
     Moins je dois céder à l'Amour.
Ce sourire enchanteur qu'il a mis sur sa bouche,
Ce regard qui pénètre et cette voix qui touche,
Ce charme de douceur, de finesse, d'esprit,
Dont brille son langage et son front s'embellit,
Cette taille et ce port auxquels tout rend hommage,
Ce maintien noble et doux qui frappe et qui séduit,
De tant d'attraits enfin tout ce rare assemblage
     M'intimide et me décourage
     En même temps qu'il me ravit.
Oui, par ses appas mêmes elle me désespère :
     En retour que lui peux-je offrir?
     Elle a tous les moyens de plaire,
     Et je n'en ai que le désir.

COUPLETS SUR STHÉNIE

Du Dieu qui préside aux amours
Longtemps j'ignorai la puissance ;
Il restait du moins à mes jours
Le repos de l'indifférence.
Des Muses l'éloquente voix
Disposait seule de ma vie ;
Je n'obéissais qu'à leurs lois,
Mais je n'avais pas vu STHÉNIE.

Fragile paix ! calme trompeur !
Hélas, trop voisin du naufrage !
Quand je croyais au fond du cœur
Etre à l'abri de tout orage,

L'amour irrité de n'avoir
Aucun empire sur ma vie,
Pour m'accabler de son pouvoir,
Près de lui me fit voir STHÉNIE.

En vain contre lui révolté,
Je lui disputai ma défaite,
En vain à son joug redouté
Je voulus dérober ma tête ;
Au Dieu vainqueur qui m'entraînait
Il fallut soumettre ma vie ;
Lui seul alors me dominait ;
C'est qu'alors j'avais vu STHÉNIE.

Quel incroyable changement
Se fit aussitôt en moi-même !
Je n'existai dès ce moment
Qu'au gré de ce maître suprême.
Ce fut pour moi d'autres désirs,
Un autre sort, une autre vie ;
Je ne connaissais des plaisirs
Que lorsque je voyais STHÉNIE.

Maintenant l'essaim des ennuis
Autour de moi vole sans cesse;
Je n'ai plus que de longues nuits
Et des jours remplis de tristesse :

Partout j'éprouve un vide affreux
Qui fait le tourment de ma vie ;
Tout blesse et fatigue mes yeux ;
C'est que je ne vois plus STHÉNIE.

Volez, vous qui fîtes ses traits,
Tendres amours, volez près d'elle,
Et ramenez-moi ses attraits,
Pour prix de mon culte fidèle.
Vous pouvez par cette faveur
De nouveau me rendre à la vie ;
Je retrouverai le bonheur,
Sitôt que je verrai STHÉNIE.

Ainsi dans mes tourments secrets
Je chantais l'objet de ma flamme :
Mais enfin du poids des regrets
Son retour délivra mon âme.
Dieux ! quel trouble délicieux
Marqua cet instant de ma vie !
Quel nuage couvrit mes yeux
Quand tout-à-coup je vis STHÉNIE !

Ah ! c'en est fait, non, il n'est rien
D'assez fort pour briser mes chaînes ;
D'elle seule, je le sens bien,
Viendront mes plaisirs ou mes peines.

Son ascendant doit à jamais
Faire le destin de ma vie ;
Je ne puis vivre désormais
Sans aimer et sans voir STHÉNIE.

A LA MÊME

Demain quand Morphée en silence
Du haut des cieux planant sur nous,
Des curieux et des jaloux
Endormira la vigilance ;
Lorsque l'airain de mon bonheur
M'annonçant l'heure si tardive,
Aura dix fois d'un son flatteur
Frappé mon oreille attentive,
Et de joie enivré mon cœur ;
Alors, ô ma belle maîtresse !
Songe qu'auprès de toi je cours,
Et souviens-toi de ta promesse.
Que ce signal plein de tristesse
Qui marque la fuite des jours,

En soit pour nous un d'allégresse
Donné par la main des amours.
De cette porte où je t'implore,
Et dont la rigueur veut encore
M'interdire un accès permis,
Viens devant celui qui t'adore
Tirer les verroux ennemis :
Viens pour prélude favorable
Des doux plaisirs de cette nuit,
Avec ce charme qui te suit,
Toujours tendre et toujours aimable,
Entre mes bras tomber sans bruit :
Et là dépouillant toute crainte,
Dans une mutuelle étreinte
Tous deux étroitement liés,
Soudain par un baiser de flamme,
Avec ivresse de notre âme,
Réunissons les deux moitiés.
Surtout montre-toi moins sévère
Pour le plus pressant de mes vœux ;
De ton ami laisse les yeux
T'admirer enfin toute entière.
Si pour réclamer de vains droits
La triste et froide retenue
Entre nous élève sa voix,
Songe que Vénus autrefois
A ses amants se montrait nue,
Et suis en tout ses douces lois.
Vainement la pudeur vaincue
Au fond de ton cœur gémira ;

La volupté te sourira,
Et sur toi voyant sa puissance,
A ton aimable obéissance
L'amour lui-même applaudira.

ODE A STHÉNIE

APRÈS UN RENDEZ-VOUS DANS UN JARDIN ÉCARTÉ

Qu'au gré de mon impatience
Le temps s'écoule lentement !
O ciel, que de la jouissance
L'attente est un cruel tourment !
Toi que j'appelle et que j'adore,
Ce jour finira-t-il encore
Sans qu'il m'ait donné de te voir ?
Par toi ce jour si favorable
En sera-t-il un misérable
Fait pour me mettre au désespoir ?

Eh quoi ! nos motifs de contrainte
Pour tant d'obstacles incessants
T'ont-ils façonnée à la crainte
Jusqu'à t'être toujours présents ?

L'Amour est-il donc sans audace ?
Ne saurait-il se faire place
A travers tes mille frayeurs ?
Oh ! que nos rôles sont contraires !
Quand je brûle tu délibéres,
Tu réfléchis quand je me meurs.

On dirait qu'ici la Nature,
Cent fois plus sensible que toi,
Gémit de ma triste aventure
Et s'en afflige autant que moi.
Ces oiseaux cessant leur ramage,
Zéphire qui dans ce feuillage
Court et murmure sourdement,
Touchés de mon ardeur constante,
Semblent être aussi dans l'attente
Et prendre part à mon tourment.

Mais quoi ! cette porte s'entr'ouvre,
Elle se meut avec lenteur,
S'écarte enfin et me découvre
Celle qui règne dans mon cœur.
O ma bien-aimée ! ô ma vie !
Qu'au fond de mon âme ravie
Tu portes de joie en ce jour !
Dans ce transport où je succombe,
A tes genoux tremblants je tombe,
Ivre de bonheur et d'amour,

Entre mes bras si longtemps vides
Enfin je puis donc te serrer,
Enfin de mes regards avides
Tout à loisir te dévorer !
Oh ! pour terminer mon supplice
Qu'il était temps que je te visse !
Que je t'aime ! que j'ai souffert !
Lorsque enfin de toi je m'empare
Je crois de la nuit du Ténare
Remonter au ciel entr'ouvert.

De ces bras charmants que j'adore
Ose à ton tour m'environner ;
Un long baiser, un autre encore,
Tu ne saurais trop m'en donner.
Ah ! quelle douceur d'y répondre,
Puis des deux parts de les confondre
Dans l'accord de brûlants retours,
Dont le voluptueux murmure
Egaie en ces lieux la Nature
Et fait triompher les Amours !

De ce pavillon solitaire
Gagnons le fortuné réduit ;
Viens.... dans ce temple du Mystère
Suivons le dieu qui nous conduit.
Changeons nos tourments en délices,
Multiplions nos sacrifices
A ce puissant dieu des amants,

Et que nos âmes confondues
Ensemble y trouvent éperdues
D'ineffables ravissements.

Qu'à ces moments de bien suprême
Il en succède encor de doux,
Quand on reçoit de ce qu'on aime
Le poids chéri sur ses genoux !
Quand au fond d'une solitude
Deux amants dans cette attitude
Front près du front, main dans la main,
Peuvent sans trouble et sans alarmes
Dans un entretien plein de charmes
Oublier tout le genre humain !

Mais, ô ciel, quoi, le soir si vite ?
On dirait que le temps qui fuit
Dans sa course se précipite
Pour ramener plus tôt la nuit.
Je sens trop que l'heure nous presse
A cette poignante tristesse
Qui déjà me serre le cœur,
Inauguration amère
D'un nouveau siècle de misère
Après un instant de bonheur.

Ah ! ne crois pas que ce langage
Sois celui que te vient tenir

Un amant qui se décourage
Au sombre aspect de l'avenir.
Non, non, ni contre-temps, ni peine
Ne sauraient de rompre ma chaîne
Me donner le triste pouvoir :
Plus que jamais dans ma détresse
A mon amour, à ta tendresse
Je me prends avec désespoir.

Eh quoi ! celui qui si fort t'aime
Finir par n'être rien pour toi !
Et toi-même, ô dieux ! et toi-même
Etre à jamais morte pour moi !
S'il faut au nœud qui les attache
Que notre propre main arrache
Nos cœurs déchirés et saignants ,
Où trouveront-ils la puissance
De fournir à notre existence ,
Meurtris, abattus et mourants ?

Peut-être aux soupçons moins en butte
Et par le temps enfin servis,
De cet œil qui nous persécute
Cesserons-nous d'être suivis.
Jusque-là d'une ardeur commune
Veillons à ces coups de fortune
Qui mêlent des moments heureux

A ces épreuves si cruelles
Triste lot des amants fidèles
Qu'opprime un destin rigoureux.

Parfois encore dans le monde
Ils trouvent des soulagements
Dont la douceur pour eux profonde
Vient faire trêve à leurs tourments :
Une rencontre inespérée,
Une parole murmurée,
Un signe rapide et furtif,
Un de ces regards pleins de flamme
Où l'âme vient répondre à l'âme
Et rassurer l'amour craintif.

Tant que chez eux subsiste et dure
La certitude d'être aimé,
Quelque maux que chacun endure,
Son malheur n'est point consommé.
L'Amour malgré toute sa gêne
Trouve de quoi charmer sa peine
Dans son empire sur le cœur :
C'est d'amour qu'Amour est avide ;
Dans les sens le plaisir réside,
Dans l'âme seule est le bonheur.

Aimons, aimons, ô ma Sthénie !
De près, de loin, aimons toujours ;

Marchons ensemble dans la vie
Sous la conduite des Amours.
Et lorsque des temps plus propices,
Pour prix de tant de sacrifices,
Auront rapproché nos loisirs,
Heureux encor par la tendresse,
Restons unis dans la vieillesse
Par le lien des souvenirs.

ODE

SOUVENIRS SUR STHENIE

A LA SUITE DE NOS DERNIERS ADIEUX

Puissantes Nymphes du Permesse,
Et vous, Divinités des bois,
De qui me venait autrefois
Tout ce qui charmait ma jeunesse,
Pourrez-vous sans sévérité
Revoir un malheureux transfuge
A vous comme à son seul refuge
Revenant par nécessité?

Vous le savez, à sa puissance
Si je fus soumis par l'Amour,
Ce ne fut pas l'œuvre d'un jour,
Ni de ma part sans résistance.

Mais toujours plus infructueux,
Mes efforts pour briser ma chaîne
Ne firent dans leur suite vaine
Qu'en resserrer encor les nœuds.

Après la lutte la plus rude
Où rien ne vint me secourir,
Conquis moi-même, à conquérir
Il fallut mettre mon étude.
Mais par un destin peu commun,
En acquérant une maîtresse
Je ne changeai que de détresse
Et fis deux malheureux pour un.

D'un couple longtemps indocile
Voulant sans doute se venger,
L'Amour, que semblait outrager
Une conquête difficile,
Nous fit trouver par ses faveurs
Dans son chemin plein de ruines
Autant de ronces et d'épines
Que je m'étais promis de fleurs.

Non sans raison bientôt la crainte
D'un pouvoir morose et jaloux
Fit naître pour chacun de nous
L'inquiétude et la contrainte.

A mes terreurs pour le renom
De celle qui m'était si chère
Se joignit la douleur amère
Du calme ôté de sa maison.

Sous l'œil d'un soupçon implacable
Que rien ne pouvait endormir
Elle avait sans cesse à frémir
D'un éclat dont la honte accable.
Il fallut pour l'en préserver,
Plus que jamais bien que fidèle,
En l'adorant m'éloigner d'elle
Et me perdre pour la sauver.

Hélas! depuis ce sacrifice
Auquel l'Amour me résolut
De ce que lui-même voulut
Il fait ma peine et mon supplice.
Sur mes pas je crois tous les jours
Entendre une voix qui me crie :
Tout est fini, plus de Sthénie,
Vos adieux étaient pour toujours.

Dans ces adieux pleins de détresse
D'un couple d'amants malheureux,
Du sort l'arrêt si rigoureux
En nous redoublait la tendresse.

En nous éclatait tour-à-tour
Avec des paroles de flamme
Tout ce que peut ressentir l'âme
De douleur, d'angoisse et d'amour.

Par l'amertume que lui donne
Ce souvenir, objet d'effroi,
Du passé rien ne s'offre à moi
De si doux qu'il ne l'empoisonne.
De mes plus fortunés moments
Les plus séduisantes images
Pour moi sont maintenant des gages
De désespoir et de tourments.

Sous des couleurs mornes et sombres
Je vois la vie à mon réveil;
Mes jours sont des jours sans soleil
Où la tristesse étend ses ombres.
Le regret qui partout me suit
Marche avec moi dans la campagne;
Le long du jour il m'accompagne
Et garde ma couche la nuit.

ODE A LA LUNE

Pour **STHÉNIE**, qui avait exprimé en ma présence le regret qu'il n'en existât point sur ce sujet, en ajoutant que si elle eut été poète, elle aurait voulu en faire une.

Belle et touchante sœur du Dieu de la lumière,
Reine aimable des nuits, second flambeau des cieux ;
O lune, montre–toi, commence ta carrière,
  Répands ton charme sur ces lieux.

Viens rompre le tissu de ces voiles funèbres
Qui cachent à mes yeux ce champêtre séjour ;
Viens chasser loin de moi le néant des ténèbres,
  Et me faire oublier le jour.

Ta présence est surtout favorable au poète :
Il ne te voit jamais qu'avec émotion ;
Et ton heure est toujours pour son âme inquiète
  Celle de l'inspiration.

La pudeur se rassure et devient moins sévère,
Lorsqu'elle ne voit plus que ta seule clarté ;
Vénus même la cherche, et ta douce lumière
Est le jour de la volupté.

Mais celui dont l'amour fait toute l'infortune,
Dans l'asyle des bois et le calme des nuits
Aime à te confier sa tristesse importune
Et le secret de ses ennuis.

C'est en toi que je trouve une image chérie
De celle qui me tient dans ses fers arrêté ;
Ton doux éclat rappelle à mon âme attendrie
Le doux éclat de sa beauté.

Nul objet dans nos murs, au sein de nos campagnes,
Avec toi n'offre autant de rapports précieux ;
Et Sthénie aux regards brille entre ses compagnes
Comme tu brilles dans les cieux.

Mais pour moi ce n'est point ton privilége unique :
Sur le trône des airs Sthénie aime à te voir,
Et de ton front rêveur, l'aspect mélancolique,
De l'attendrir a le pouvoir.

C'est à toi désormais que mon cœur sacrifie ;
Son amour entraînant t'assure mon amour ;
Il l'ôte à Phébus même, et l'astre de Sthénie
    Devient pour moi celui du jour.

Mais déjà tu parais derrière ces montagnes :
Ta lumière blanchit leurs sommets sourcilleux,
Et frappe obliquement la face des campagnes
    De ses reflets mystérieux.

D'un pas silencieux, lentement tu t'avances
Dans les champs découverts du sombre firmament,
Et l'aspect de la terre, aux clartés que tu lances,
    Change de moment en moment.

De tes pâles rayons, la lueur fantastique,
Va partout succéder à l'ombre qui la fuit,
Et des couleurs du jour, cette clarté magique,
    Revêt les heures de la nuit.

On dirait que, pour voir ta beauté solitaire,
L'univers attentif s'est arrêté sur soi :
Tout demeure immobile, et la nature entière
    Semble se taire devant toi.

Nul objet n'a de voix et nul ne se balance ;
Sur la terre, dans l'air, règne un calme profond ;
Par l'accord absolu du plus parfait silence
    Tout se rapproche et se confond.

De la vie et du bruit cette absence complète,
Ce jour mystérieux, ce vague général,
Font presque voir en toi, dans cette heure muette,
    Le soleil du monde idéal.

Que ce calme est touchant ! qu'à l'âme recueillie
Il fait sentir de trouble et de saisissement !
Qu'aux aimables langueurs de la mélancolie
    Il la dispose puissamment !

Ici l'on trouve un bien à répandre des larmes ;
Ici l'on se complaît dans sa propre douleur,
Le chagrin pèse moins, la tristesse a des charmes,
    Les regrets même une douceur.

Ah ! pourquoi, du bienfait de ta course paisible,
O lune, si souvent prives-tu donc les airs ?
Que fais-tu quand la Nuit, de son trône invisible,
    Régit sans toi les cieux déserts ?

Sans doute c'est l'excès de tes peines secrètes
Qui seul t'arrête ainsi loin de ta région :
Tu te caches alors dans d'obscures retraites,
    Pour y pleurer Endymion.

Que je plains ton malheur ! qu'une étoile ennemie
Me le fait par le mien sentir profondément !
Nos destins sont pareils, et je suis sans amie,
    Comme toi-même sans amant.

Mais de cette douleur que tu gardes encore
Tu ne saurais du moins accuser que la mort ;
Tandis que des rigueurs de l'objet que j'adore
    Vient toute celle de mon sort.

Vainement à ses lois mon âme est asservie :
J'aime seul ; chaque jour me le dit clairement ;
Et celle qui ferait le bonheur de ma vie
    N'en fait, hélas ! que le tourment.

A ses côtés l'amour doit gémir et se taire :
Sa plus sincère ardeur ne peut la désarmer ;
Elle en fait son esclave, et contente de plaire,
    Sa fierté souffrirait d'aimer.

En vain mille motifs auprès d'elle intercèdent
Pour rendre dès longtemps mon espoir plus certain ;
Les jours suivent les jours, les mois aux mois succèdent
    Sans rien changer à mon destin.

Devrai-je donc, ô ciel ! dans ma douleur amère,
Maudire des amours le charme suborneur ?
Ne m'ont-ils présenté qu'une vaine chimère ?
    Faut-il renoncer au bonheur ?

Peut-être qu'en secret ton aimable présence
Dans cet heureux moment l'occupe ainsi que moi,
Qu'elle observe ta marche et qu'avec complaisance
    Elle a les yeux fixés sur toi.

Ah ! que ton doux aspect la touche et la remue !
Qu'il la dispose enfin au plus juste retour !
Et qu'un de tes rayons frappant son âme émue,
    Soit pour elle un trait de l'amour !

Fais, oh ! fais reconnaître à ce cœur indomptable
Que l'amitié n'est rien pour un cœur bien épris,
Et qu'en tous lieux enfin, de l'amour véritable
    L'amour peut seul être le prix.

Dis-lui qu'en condamnant à jamais ma tendresse
Au tourment continu de stériles désirs,
D'avance pour nous deux elle ôte à la vieillesse
　　Le charme heureux des souvenirs.

Comment se pourra-t-il qu'aucun nœud nous rassemble,
Lorsque de sa froideur tout m'aura convaincu ?
La rigueur n'unit point, et pour mourir ensemble,
　　Ensemble il faut avoir vécu.

ODE

A MADEMOISELLE T***, DEPUIS MADAME D***

Heureux, jeune et belle Octavie,
Celui qu'un sentiment vainqueur
Fait, pour le charme de sa vie ,
Régner au fond de votre cœur !
Qui dans les vœux qu'il vous adresse
Voit l'hommage de sa tendresse
Obtenir l'accueil le plus doux ,
Et quand près de vous il désire ,
A le pouvoir de vous le dire ,
Sans exciter votre courroux !

Quelle ivresse remplit son âme ,
Lorsque par le plus grand des biens
Dans vos yeux il voit cette flamme
Dont l'amour fait briller les siens !

Lorsque bientôt ces yeux humides,
Vos regards, vos soupirs timides,
Votre abandon, votre rougeur,
Dans un voluptueux silence
A son ardente impatience
Donne le signal du bonheur !

Moments de délire et d'extase,
De transports et d'enchantement,
Qu'aux mortels que Vénus embrase
Vous causez de ravissement !
Toi que si peu savent comprendre,
Suprême bien d'une âme tendre,
Charme d'aimer et d'être aimé,
Que ta douceur inexprimable
Rend ton existence adorable
A quiconque est pour toi formé !

Fortunés les amants que serre
A jamais un si doux lien !
Si le bonheur est sur la terre,
C'est pour deux cœurs qui s'aiment bien.
Couverte de vapeurs funèbres,
L'âme languit dans les ténèbres
Loin du flambeau que tient l'Amour ;
Mais à sa lumière chérie ;
Le sentier obscur de la vie
Brille des rayons d'un beau jour.

Au sentiment qu'un Dieu fait naître
Ne cessez donc de vous livrer ;
Octavie, il faut le connaître
Lorsqu'on sait si bien l'inspirer ;
La beauté doit être sensible ;
Par une force irrésistible
Ces dons se confondent toujours ;
Ils marchent sur les mêmes traces,
Et jadis la mère des Grâces
Fut aussi celle des Amours.

Aimez donc, aimez sans réserve,
N'écoutez rien que ce désir,
Et qu'en vous la beauté ne serve
Qu'au triomphe heureux du plaisir ;
Jusqu'au bout de votre carrière,
Pour y posséder tout entière
La suprême félicité,
Joignez dans votre double ivresse
Aux étreintes de la tendresse
Les transports de la volupté.

Mais, bon dieu, quels mots je profère !
Où s'est égaré mon esprit ?
Je crois vous voir avec colère
Loin de vous jeter cet écrit.
Pardon, si mes rimes peu sages
Sur vous ont offert des images
Que dément la réalité :

7

Séduit par leur douce imposture,
J'ai dans cette vaine peinture
Pris mes vœux pour la vérité.

J'ai grand tort, hélas, je l'avoue ;
Loin d'avoir vaincu vos rigueurs,
Mon ami, dont l'amour se joue,
Ne doit qu'à lui tous ses malheurs :
Mais non, il est heureux encore,
Même lorsque vous qu'il adore
Mettez un frein à ses désirs ;
Par vos grâces enchanteresses,
Vos refus valent des caresses,
Et vos reproches des plaisirs.

ODE

SUR LA MORT D'ANDRÉ-BRUNO FRÉVOL DE LACOSTE

Aide-de-camp de l'Empereur, Général du génie
Comte de l'Empire
Officier de la Légion-d'Honnneur, Chevalier de la Couronne de fer
et de l'ordre de Saint-Henri de Saxe

TUÉ DEVANT SARAGOSSE LE 1ᵉʳ DE FÉVRIER 1809
À L'AGE DE 33 ANS

Quels accents inconnus, au fond de ces vallées
Ont troublé tout–à-coup ce fleuve frémissant ?
   Avec l'Aquilon gémissant
Quels cris ont parcouru ses rives désolées ?
Tous ces monts, que l'orage est bien loin de frapper,
Se cachent cependant comme aux jours des tempêtes,
   Et de brumes ceignant leurs têtes,
D'un voile de douleur semblent s'envelopper.

Et toi, plaintif airain, au séjour du tonnerre
Tes sons vont tristement retentir de ces lieux ;
   On dirait qu'ils parlent aux cieux
Du deuil universel que m'offre ici la terre :

Trompette de la mort, voix funèbre du temps,
Non, tu n'avertis point de quelque perte obscure,
      Et celle-ci, tout me l'assure,
Appartiendra pour nous aux malheurs éclatants.

Mais qu'apercois-je encore, ô surprise ! ô merveille !
Déités de la Loire, est-ce vous que je vois ?
      Nymphes, c'était donc votre voix,
Celle qui tout-à-l'heure a frappé mon oreille ?
Au lieu des doux transports qui devraient m'agiter
En vous voyant soudain dans cette solitude,
      Faut-il quà mon inquiétude
Votre morne appareil vienne encore ajouter ?

Pourquoi demeurez-vous vers la terre penchées ?
Pourquoi ces longs soupirs et ces habits de deuil ?
      Autour de ce triste cercueil
Par quel charme fatal semblez-vous attachées ?
Quels sont ces ornements si chers à vos douleurs,
Cette écharpe, ce fer, cette étoile brillante,
      Que d'une main faible et tremblante
Vous levez vers le ciel en les mouillant de pleurs ?

Pleure sur ton pays, pleure, me disent-elles ;
Ce jour t'en offre, hélas, un trop juste sujet ;
      De nos larmes connais l'objet,
Et gémis avec nous de nos pertes cruelles :

A peine sur ces bords comme nous éperdus
De la mort de JULIEN nous étions consolées,
     Qu'aux regrets soudain rappelées,
Un nouveau coup nous frappe, et LACOSTE n'est plus.

Il n'est plus, il n'est plus, le fils de nos montagnes ;
Le voilà disparu ce chêne vigoureux
     De qui le front majestueux
Naguère encor faisait l'orgueil de nos campagnes :
Loin de son lieu natal, malgré nos vœux constants,
Pour voir des coups du sort sa beauté préservée,
     Sur lui la hache s'est levée,
Et l'a fait sans pitié tomber avant le temps.

Toi chez qui nous trouvons une oreille attentive,
Fais entendre les chants qu'ici nous t'inspirons,
     Et pour celui que nous pleurons
Répète nos accents sur ta lyre plaintive :
Au milieu des combats dis qu'avant de périr,
Il sut à tous les yeux briller sans imposture,
     Et qu'il tenait de la nature
Les dons qui rendent grand et ceux qui font chérir.

Dis que l'activité, le zèle, le courage,
Les solides talents et les vertus du cœur
     Dans la carrière de l'honneur
Illustrèrent ses jours au printemps de son âge :

Dis que dans sa fortune on le vit conserver
Cette simplicité modeste autant qu'aimable,
    Annonce dès-lors véritable
D'un esprit supérieur et né pour s'élever.

Mais répète surtout, pour louange suprême,
Qu'il se vit appeler à marcher près de lui
    Par celui-là dont aujourd'hui
Les jugements sont ceux de la gloire elle-même :
Dis qu'il l'admit au rang de ces brillants guerriers,
Echos de son génie et porteurs de sa foudre,
    Qui par eux va réduire en poudre
Les épais bataillons et les remparts altiers.

Hélas, tant d'heureux dons, un destin si prospère
Pour nous du coup fatal n'ont pu le garantir ;
    La tombe vient de l'engloutir
Presque dans le moment qu'y descendait son père :
Perdant par son trépas son dernier rejeton,
Sa famille bientôt ne laisse plus de trace ;
    Et dans lui terminant sa race,
Avec lui chez les morts il emporte son nom.

Mais quoi ! ce nom chéri, que tant d'honneur décore,
A-t-il de successeurs besoin dans l'avenir ?
    Ah ! son éternel souvenir,
Quoiqu'il ait disparu, l'y fera vivre encore.

Par lui-même un grand nom dure sans héritier :
Rien n'en s'aurait ternir l'impérissable lustre ;
  Et dans l'éclat d'un rang illustre
Qui meurt'pour son pays ne meurt pas tout entier.

Dans les champs des combats la puissante victoire
Imprime sa grandeur à ses fils expirants,
  Et couvre sur leurs fronts mourants
Les horreurs du trépas des rayons de la gloire :
Leur destin par la mort ne peut être arrêté ;
Et lorsque la lumière à leurs yeux est ravie,
  Le coup qui termine leur vie
Commence au même instant leur immortalité.

Vous donc pour qui jamais le héros ne succombe,
Qui dans vos chants sacrés montrâtes si souvent
  Qu'ainsi que le guerrier vivant
Vous savez célébrer le guerrier dans la tombe ;
Vous par qui de splendeur les morts sont revêtus,
Du temple de mémoire immortelles gardiennes,
  Muses, Déités souveraines,
Recevez-y LACOSTE, et chantez ses vertus.

ODE

SUR LE MARIAGE DE L'EMPEREUR AVEC L'ARCHIDUCHESSE
MARIE-LOUISE

(1810)

Quel bruit sinistre et redoutable
Gronde au loin sur l'humanité ?
Quelle secousse formidable
Frappe le monde épouvanté ?
L'Erèbe affamé de victimes
Veut-il du fond de ses abîmes
Jusqu'à nous s'ouvrir des chemins,
Et du monde changeant la face,
Exterminer de sa surface
La race entière des humains ?

Non, de la vaste Germanie
Ce sont les peuples déchaînés
Que des combats le noir Génie
Dans la Bavière a ramenés :

C'est leur chef le plus intrépide
Qui veut dans sa marche rapide
Montrer le réveil du Lion ,
Et revient aux yeux de la terre
Opposer encor son tonnerre
A celui de Napoléon.

Quel grand, quel effrayant spectacle !
Avec la mort et la terreur
L'affreuse guerre sans obstacle
Règne dans toute son horreur :
De profondes masses guerrières
Se précipitent tout entières
Aux combats les plus furieux ,
Et de leur choc épouvantable
Avec un fracas effroyable
Ebranlent la terre et les cieux.

Les royaumes et les provinces ,
Dès longtemps instruits à s'armer ,
Semblent à la voix de leurs princes
En légions se transformer :
Dans les cités, hors des murailles
L'implacable Dieu des batailles
Va tout mettre en combustion ;
Et l'Europe entière enflammée
En tous lieux se montre animée
A sa propre destruction.

En un instant sur le passage
Des innombrables bataillons,
Des pampres s'éclipse l'ombrage
Et périt l'espoir des moissons ;
Les bois, les hameaux disparaissent,
Les collines mêmes s'affaissent
Sous les efforts de leur fureur ;
Et de la terre hérissée
La surface bouleversée
N'offre que ruine et qu'horreur.

D'Albion le démon sauvage,
Courant partout de rang en rang,
Se rue au milieu du carnage
Et marche à son gré dans le sang :
En cent lieux excitant la guerre,
Il fait jusqu'aux bouts de la terre
Etendre cet embrasement ;
Le Nord, le Midi se répondent,
Et leurs tempêtes se confondent
En un vaste mugissement.

Avec un empire suprême
Tenant le sceptre des combats,
Napoléon, toujours le même,
Reste calme au sein du fracas ;
Tranquille en ces moments horribles
Comme ces puissances terribles

Qui, maîtresses des éléments ,
Sans se troubler font sur nos têtes
Rouler la foudre et les tempêtes ,
Et président aux ouragans.

Sous ses attaques redoublées
Partout de nos fiers ennemis
Tombent les bandes accablées
Et s'ouvrent les remparts soumis :
Dans leurs provinces qu'il traverse
Il franchit, emporte, renverse
Fleuves, redoutes, légions,
Et le front toujours dans les astres ,
Des monuments de leurs désastres
Couvre leurs propres régions.

Wagram , qui dans ta plaine immense
Montras aux peuples effrayés
Deux empires comme en présence.
Sous leurs étendards déployés ,
Wagram, tes familles tremblantes
Qui virent ses mains triomphantes
Tout foudroyer non loin de toi ,
A ce souvenir redoutable ,
De son pouvoir inévitable
Parlent encore avec effroi !

Tout-à-coup le calme succède
Au règne bruyant des combats ;

Napoléon à qui tout cède
Termine ces sanglants débats :
Les Germains de la paix jurée
Lui garantissent la durée
Par les gages les plus certains :
C'était dans cette lutte horrible
L'épreuve dernière et terrible
Qu'ils réservaient à nos destins.

Bientôt sur la scène du monde
S'offre une jeune Déité,
Objet d'amour sur qui se fonde
Tout l'espoir de l'humanité :
Lui montrant sa tête charmante
Au bruit de l'affreuse tourmente
Qui gronde encor sur l'univers,
C'est Vénus au sein des orages,
Pour enchanter les premiers âges,
Sortant de l'abîme des mers.

Que dis-je ? d'une autre Immortelle
Cent fois plus digne de nos vœux
Le charme n'est-il pas en elle
Aux humains rendu par les dieux ?
N'est-ce pas la paix si chérie
Qui vient sous le nom de Marie
Et le doux voile de ses traits,
Au milieu même de la guerre,
Pour régner bientôt sur la terre,
S'unir au héros des Français ?

A son aspect les craintes cessent,
La haine expire au fond des cœurs,
L'amitié, le calme y renaissent
Avec de nouvelles douceurs;
Du vif éclat qui la décore
L'horizon triste et sombre encore
s'est embelli de toutes parts,
Et plein de ses clartés brillantes,
Sous les couleurs les plus riantes
Se montre enfin à nos regards.

Mars à sa pompe inattendue
Sent le fer mollir dans ses mains;
La Discorde fuit éperdue
Loin de l'empire des Germains;
Le noir démon de l'Angleterre,
S'y voyant pour troubler la terre
Désormais comme elle impuissant,
Quitte l'Autriche ensanglantée,
Et vers son île détestée
Se précipite en rugissant.

Venez, venez grande Princesse,
Gage de paix, présent du ciel,
Du bonheur et de l'allégresse
Voir le spectacle universel:
Quand votre pouvoir plein de charmes
Fait en cent lieux à tant d'alarmes
Succéder un repos si doux,

Où se peut-il que l'on vous voie
Sans que les plaisirs et la joie
Règnent soudain autour de vous ?

De fleurs couronnant vos images,
Les Princes et les Nations
Vous entourent de leurs hommages
Et de leurs acclamations ;
Leur amour avec complaisance
Tour-à-tour de votre présence
Célèbre le rapide instant,
Et par les vœux qu'il leur inspire
Semble confondre leur empire
Avec celui qui vous attend.

Mais ces jeux, ces fêtes rivales
Ne sont que de faibles essais
Des pompes vraiment triomphales
Que vous préparent les Français :
D'un hymen en biens si fertile
Ce peuple à s'exprimer habile
Doit doublement être enchanté ;
Pour lui c'est un plaisir extrême
De voir près du pouvoir suprême
Marcher en reine la Beauté.

A peine au sein de nos contrées
Ont paru vos jeunes appas,

Qu'à vous elles se sont montrées
Fières d'embellir tous vos pas :
Le sentiment qui les anime
Remplit d'une ardeur unanime
Les bourgs, les villes, les hameaux ;
Sur tous les fronts il s'y fait lire ,
Et comme il a monté la Lyre ,
Il enfle aussi les chalumeaux.

Pour vous de toute sa puissance
Paris déployant la grandeur ,
Rayonne de magnificence
De feux, de gloire et de splendeur.
Des Arts les magiques merveilles ,
Des Muses les savantes veilles
Et les concerts mélodieux
A l'univers qui le contemple
Font douter s'il n'est pas un temple
Orné pour recevoir les Dieux.

Des beautés qu'il vous fait connaître
Que le vif et profond attrait
Du bord chéri qui vous vit naître
En vous étouffe le regret :
Pour vous, Reine, dont la Nature
Releva la grandeur future
Par tous ses dons les plus brillants ,
Ce n'est point quitter sa patrie
Que de venir passer sa vie
En des lieux si chers aux talents.

A vos yeux combien plus aimable
Devient encore leur séjour
Par l'assurance inestimable
Que vous y portez en ce jour!
Que ce fruit de votre hyménée
Met dans sa pompe fortunée
Un charme propre à vous toucher !
Et qu'au vaste empire où vous êtes
Le bien même que vous lui faites
Doit puissamment vous attacher !

Par vous la paix la plus profonde
Règne entre deux grands Potentats ;
Et c'est sur elle que se fonde
Celle de vingt autres Etats ;
Par vous s'obtient la certitude
D'un jour où toute inquiétude
Pour nous à jamais doit finir ;
Et votre étoile bienfaisante
A la sécurité présente
Joint tout l'espoir de l'avenir.

C'est de vous que déjà la France ,
Devançant un moment si doux ,
Attend avec impatience
Un don qui les renferme tous ;
Le bonheur de se voir renaître
Par vous va se faire connaître
Au plus étonnant des humains ,

Pour que sans retour s'affermisse
Le grand et pompeux édifice
Superbe ouvrage de ses mains.

Peut-être que la Renommée,
En vous parlant de ses travaux,
N'a fait à votre âme charmée
Connaître en lui que le héros ;
Dès lors. vous avez cru sans doute
Que par un titre qu'on redoute
Au monde il est peint tout entier ;
Qu'il n'est que vainqueur de la terre ,
Et n'a du Maître du tonnerre
Que le pouvoir de foudroyer.

Ah ! pour mesurer sa carrière,
Regardez nos lois et nos arts,
Nos champs, nos monts, la France entière ,
Ses ports, ses fleuves, ses remparts :
Dans leur union triomphante
Voyez des projets qu'il enfante
L'universelle profondeur ;
Voyez-y la force infinie
De ce vaste et puissant génie
Qui les empreint de sa grandeur.

Lorsqu'au milieu de tant d'obstacles
Surmontés en si peu de temps

Clio fera voir des miracles
Si nombreux et si différents,
Qui donc dans la race future
Ne soupçonnera d'imposture
Ses récits les plus solennels,
Ou du moins pourra ne pas croire
Entendre l'éclatante histoire
De deux monarques immortels ?

Du bras dont on le vit abattre
D'Albion mille appuis divers,
De ce bras qu'à toujours combattre
Semblait condamner l'univers,
Par de continuels prodiges
Effaçant les hideux vestiges
De nos affreux déchirements,
Après tant d'horreurs intestines,
Plus que nous n'avions de ruines
Il a créé de monuments.

Des siècles les plus favorables
Les rêves de prospérité
Par lui de nos jours mémorables
Deviennent la réalité :
Ensemble montrant à la terre,
Les plus hauts exploits de la guerre,
Les plus brillants fruits de la paix,
Il a, joignant toutes les gloires,
Comme l'Europe de victoires,
Couvert la France de bienfaits.

Qu'ai-je dit ? Ce vaste royaume
Sans égal parmi les Etats ,
Des travaux d'un héros grand homme
Offrant partout les résultats ,
Ce pays, cet empire immense
Qu'au faîte altier de la puissance
Il a tout-à-coup élevé ,
Pour qui du penchant de l'abîme
Des grandeurs il a fait la cime ,
C'est encor lui qui l'a sauvé.

Ah ! que c'était le plus beau lustre
Qu'on pût désormais obtenir ,
De couronner cette œuvre illustre ,
En lui donnant un avenir !
De pouvoir par cette assurance
A nos jours si pleins d'espérance
Rattacher la postérité ,
Et pour sa propre destinée
Faire du sceau de l'hyménée
Celui de l'immortalité !

Que c'est un flatteur avantage
De forcer la gloire à céder
·Moitié d'un cœur où sans partage
Elle aimerait à commander !
D'ouvrir aux soins d'une autre flamme
Ce cœur si fier, cette grande âme
Qui de triomphes se nourrit ,

Et d'exercer un doux empire
Sur un héros que tout admire,
Redoute, révère ou chérit !

Ce sont vos destins, grande Reine ;
Jouissez-en, et dès ce jour
Voyez-vous suivre en Souveraine
Les Arts et la Gloire et l'Amour.
Puissiez-vous dans votre carrière
De leur faveur la plus entière
Unir tous les dons à la fois,
Et goûter une paix profonde
Sur le premier trône du monde,
A côté du plus grand des rois !

ODE

SUR LES ARMÉES FRANÇAISES ET LES GUERRIERS
MORTS DANS LES COMBATS

APRÈS LES VICTOIRES DE LUTZEN ET DE BAUTZEN
ET LA MORT DES MARÉCHAUX BESSIÈRES ET DUROC

(1813)

A celui que Phœbus inspire
Qu'importe dans quels lieux il se voie enchaîné ?
Est-il quelque séjour qui détruise l'empire
Du dieu pour lequel il est né ?

Non, non, elle n'est point muette
Cette lyre des cieux qui frémit sous ma main :
Je sens que je l'anime et que je suis poète,
En dépit du sort inhumain.

Des cités la superbe reine
Des prodiges des arts ne frappe point mes yeux;
Le charme inspirateur des rives de la Seine
N'est qu'un vain songe dans ces lieux.

Mais une autre source de flamme
Se trouve en mon exil comme sur d'autres bords;
Gloire, Patrie, Honneur, vous parlez à mon âme,
Et faites naître mes transports.

Dans mon ardeur qui la devance,
Je veux par mes concerts à ce fleuve écarté
Sur vos fils triomphants faire entendre d'avance
La voix de la postérité.

Seule en ces lieux dépositaire
Des hymnes de la gloire et des sons belliqueux,
Sur ces monts ignorés ma lyre solitaire
Me fera connaître avec eux.

Aux chants que j'offre à la mémoire
De ces vertes forêts les dieux se complairont;
A mes mâles accents les Nymphes de la Loire
Avec Phœbus applaudiront.

De ses immortelles compagnes
Un jour, un jour les mains tresseront des lauriers,
Pour en ceindre le front du *Barde des montagnes,*
Chantre fidèle des guerriers.

Répondez donc à mon audace,
Monts altiers, réveillez vos échos éclatants ;
Je veux que vos sommets soient pour moi le Parnasse,
Et retentissent de mes chants.

Et vous, fantômes que j'adore,
Vous pour qui de tout temps Phœbus me fit la loi,
Images des héros que la gloire décore,
Rassemblez-vous autour de moi.

Ils m'entendent, ils m'apparaissent :
Les voilà, ces mortels nos plus fermes remparts ;
D'accourir en ces lieux à ma voix ils s'empressent,
Et m'entourent de toutes parts.

Que dans leurs attitudes fières
Je me plais à les voir brillants et glorieux !
Que l'héroïque ardeur de ces âmes guerrières
Se fait bien lire dans leurs yeux !

Que de triomphes à leur vue,
Que de jours de salut, que d'exploits à bénir,
Que de coups inouïs et de gloire imprévue
   Se pressent dans mon souvenir !

   Quel est le siècle que n'efface
Celui qui fut témoin de si hardis travaux ?
Quel peuple offrit au monde en un si court espace
   Tant de hauts faits et de héros ?

   Oh ! que ne puis-je sans obstacle,
Fils de Mars, enflammé par l'ardeur que je sens....
Mais je leur parle en vain ; un étonnant spectacle
   Les rend de glace à mes accents.

   Tout-à-coup éclairant les routes
De ces sombres forêts qu'elle empreint de splendeur,
Une vive lumière a percé de leurs voûtes
   La ténébreuse profondeur.

   Dans cet éclat qui l'illumine,
Quel mortel, l'air pensif, hors des bois s'avançant,
Au bord de ce plateau dans les champs qu'il domine
   Va promener son œil perçant ?

Que j'aime sur son front austère
Cet ensemble imposant de calme et de fierté
Ce regard du génie et ce grand caractère
D'inébranlable fermeté !

Toute l'héroïque phalange
S'est en un même instant émue à son aspect,
Et dans tout son maintien fait paraître un mélange
D'orgueil, de joie et de respect.

Mais du pied il frappe la terre ;
Aussitôt déployant leurs mille pavillons,
S'avancent à grand bruit des enfants de la guerre
Les innombrables bataillons.

Ils s'élèvent sur les montagnes,
S'étendent dans la plaine, envahissent les bois,
Remplissent les vallons et loin dans les campagnes
Se montrent partout à la fois.

Partout dans ces masses mouvantes,
Réfléchissant du jour les feux resplendissants,
Rayonnent à longs flots les armures brillantes
Et les casques étincelants.

Aux cors les trompettes mêlées,
Les belliqueux tambours et les clairons perçants
Font retentir les cieux, les monts et les vallées
De leurs formidables accents.

Sont-elles donc ressuscitées
Ces fières légions que l'hiver moissonna ?
Un dieu jusqu'en ces lieux les a-t-il transportées
Des champs de la Bérésina ?

Non, non ; de la terre des braves
Dans leur fécondité se sont ouverts les flancs,
Et de nos bataillons, morts ou dans les entraves,
Ils ont renouvelé les rangs.

Qu'avec une vive tendresse
Sur ces guerriers nouveaux se repose mon œil !
Et qu'en les contemplant je sens à ma tristesse
Se mêler de joie et d'orgueil !

Ils ont encor grossi l'histoire
Des hauts faits qu'entassa l'héroïsme français,
Ces novices déjà vieillis par la victoire,
Et consacrés par le succès.

Le sentiment de leur prouesse
Pour les travaux de Mars a doublé leur ardeur :
Dans leurs yeux assurés au feu de la jeunesse
Se joint celui de la valeur.

Parmi ces mouvements de guerre
Se sont vers le plateau tournés quelques regards :
Soudain un bruit de voix tel qu'un bruit de tonnerre
Roule et mugit de toutes parts.

Dans cette clameur sans pareille
A travers tous les cris éclate le grand nom :
Tous le portent au ciel et font à mon oreille
Bruire ce mot : *Napoléon !*

Napoléon ! répète encore
La voix de mille échos tonnant à l'unisson ;
Sur la terre et dans l'air s'entend ce nom sonore :
Napoléon ! Napoléon !

Mais quel plus insigne miracle
A mes yeux éblouis s'opère en ce moment ?
Quels objets merveilleux, quel sublime spectacle
Redoublent mon ravissement ?

Des cieux les voûtes immobiles
S'ouvrent au bruit divin d'accords mélodieux,
Et de nos guerriers morts j'en vois en longues files
Sortir les mânes radieux.

Assis sur les rochers sauvages
Du nébuleux Morven toujours battu des eaux,
Tel le fils de Fingal voyait dans les nuages
Planer les ombres des héros.

Sur d'immenses flots de nuées
Ils vont remplir du ciel les espaces déserts,
Et pour voir de plus près nos bandes déployées,
Descendent au milieu des airs.

Dans tout l'éclat de leur armure
Ils s'abaissent en masse en parlant de *Lutzen*,
Et font encore entendre avec un doux murmure
Cet autre heureux nom de *Bautzen*.

Ils sont là rangés en cohortes,
Ces braves aux dangers toujours prompts à courir,
Que leur pays a vus, pour défendre ses portes,
Souffrir et combattre et mourir !

Les voilà tous en un seul groupe,
S'annonçant par leurs fronts empreints de majesté,
Ces héros que mes yeux dans l'innombrable troupe
    Cherchaient avec avidité !

Je revois toute notre histoire
Dans les noms toujours chers et révérés toujours
De ces morts glorieux, martyrs de la victoire,
    Nobles victimes des grands jours.

Qu'avec transport je vous retrouve,
Dampierre, Dugommier, Hoche, Marceau, Kléber !
Cervoni, Corbineau, d'Hautpoul, quel bien j'éprouve
    A vous voir auprès de *Joubert !*

Oh ! que j'aime votre présence,
Lasalle, et vous, *Morand, Saint-Hilaire, Gudin !*
Qu'elle flatte mon œil, et qu'avec complaisance
    Il vous a reconnus soudain !

Vous que tant d'honneur accompagne,
Caulaincourt, Sénarmont, Bruguière, Valhubert,
Vous aussi, *Kirgener, Deroi, Montbrun, Espagne,*
    Vous voilà tous avec *Colbert !*

Que votre aspect dans cette gloire,
Daurier, et toi, *Lacoste,* a de quoi me charmer,
Vous qu'entre les héros les Nymphes de la Loire
    Sont fières d'entendre nommer !

Mais qui vais-je encor reconnaître ?
Lannes, Duroc, Bessière, est-ce vous que je vois ?
Est-ce bien toi, *Desaix* ? Venez-vous m'apparaître,
    Vous que j'ai pleurés tant de fois ?

Oui, ce sont eux. Dans un nuage
Que du jour qui s'éteint frappe un dernier rayon,
Sous la foule attentive ils s'ouvrent un passage
    Du côté de Napoléon.

A leur présence inattendue,
Le héros, l'œil aux cieux, a changé de couleur :
Dans son triste regard de son âme éperdue
    Se peint vivement la douleur.

Soudain ces ombres magnanimes,
Heureuses de le voir dans sa gloire affermi,
Du haut des airs émus penchent leurs fronts sublimes
    Vers leur chef qui fut leur ami.

Quoi ! disent-elles, roi des braves,
Ta force à notre aspect viendrait-elle expirer ?
Les vulgaires mortels de leur faiblesse esclaves
Comme eux te verront-ils pleurer ?

Est-ce là cette âme immuable
Qui te fit des revers un triomphe éclatant,
Quand de tous les fléaux l'assemblage effroyable
Ne put l'ébranler un instant ?

La fin qu'à tous le Ciel impose
Doit surprendre bien moins sous le plomb meurtrier ;
Et la mort d'un guerrier, quel qu'il soit, n'est point chose
Faite pour abattre un guerrier.

La mort ? Il se donna pour elle,
Quand il jeta sa vie au milieu des hasards ;
Et le trépas du sang est la mort naturelle
Des courageux enfants de Mars.

Quand sa voix appelle à le suivre
Tous ces cœurs généreux que l'honneur asservit,
Dès-lors pour chacun d'eux il s'agit, non de vivre,
Mais de combattre tant qu'il vit.

Pour nous, dans l'espoir toujours ferme
Que tu demeureras le héros invaincu,
Nous ne regrettons point d'être arrivés au terme,
Morts tels que nous avons vécu.

Objets de notre idolâtrie,
L'âge ne nous a point à vos lois dérobés ;
Nous vivions pour l'honneur, la gloire et la patrie,
Et pour eux nous sommes tombés :

Fiers d'une fin plus méritoire
Que celle des guerriers que Mars laisse debout,
Et de n'avoir vécu qu'au sein de la victoire,
Forts et combattant jusqu'au bout :

Heureux pour la France effrayée
Dans ces jours décisifs d'où dépendait son sort,
Que la Fortune ait cru suffisamment payée
La victoire par notre mort !

Conserve donc tout ton courage,
Pour rendre leur éclat à nos destins trahis ;
Poursuis, Napoléon, et dissipe l'orage
Qui gronde sur notre pays.

Sauve la gloire de la France ;
Garde-lui ses états auxquels tient son honneur ;
Et fais enfin pour elle à ce temps de souffrance
Succéder un temps de bonheur.

Pour le bien de l'âge où nous sommes
Profite du succès de nos sanglants débats ;
Dans un règne de paix sois le plus grand des hommes,
Comme tu l'es dans les combats.

Aussi bien que par la victoire,
De l'Etat par les lois assurant la splendeur,
Ne cesse de remplir le monde de ta gloire
Et ton siècle de ta grandeur.

Et lorsqu'à ton heure suprême
Tu te retireras de l'univers en deuil,
Couvrant de ton éclat l'ombre de la mort même,
Descends triomphant au cercueil :

Comme le grand astre du monde,
Au moment solennel qu'il s'éloigne des cieux,
Des bords du firmament dans les gouffres de l'onde
Descend superbe et radieux.

EXTRAIT

DE LA LETTRE D'ENVOI DE L'ODE QUI PRÉCÈDE
A M. L'INSPECTEUR-GÉNÉRAL NAUDET

« Et moi aussi, Monsieur l'Inspecteur-général, je suis géologue et géologue d'une espèce fort particulière ; car voici un morceau de poésie fossile, produit d'une fouille exécutée par moi dans les profondeurs de mon cerveau. Il y était resté enseveli près d'un quart de siècle, pendant lequel il avait eu le temps de passer à l'état de pétrification. Je ne l'y ai pas trouvé complet ; il s'en est fallu de deux bons tiers, et même il ne l'avait jamais été davantage. Hormis les deux extrémités, plus ou moins entières, et quelques fragments épars dans l'intervalle, les autres parties manquaient, ou ne consistaient qu'en un simple rudiment sans forme. Mais, nouveau Cuvier, j'ai rempli toutes les lacunes suivant ces premières données et les règles de l'anatomie poétique ; et après avoir fait du tout un corps homogène, j'ai prononcé que c'était là une ode monstre, une espèce de mammouth lyrique, bien plus fait pour effrayer par sa masse, que pour plaire par sa beauté. »

ODE A BACCHUS

POUR UN BANQUET EN GRANDE PARTIE MILITAIRE
DONNÉ PAR UN OFFICIER GÉNÉRAL

(1846)

Puissant créateur de la vigne,
O le plus aimable des dieux !
Qui sur la terre et dans les cieux
N'en fus pas moins guerrier insigne,
C'est toi que j'invoque entre tous ;
A mes vœux ne sois point contraire,
Et dans ces lieux faits pour te plaire
Viens planer au-dessus de nous.

C'est toi que tout banquet réclame
Comme son bien le plus certain ;
Comus ordonne le festin,
Mais toi seul, Bacchus, en es l'âme.

Si les savants fruits de son art
Semblent parfois de l'ambroisie,
Ta liqueur en tous lieux chérie
De nous mortels est le nectar.

Les heures qui sous tes auspices
S'écoulent si rapidement
D'abandon et d'épanchement
Sont toujours des heures propices.
Par toi toute glace se fond ;
Il n'est rancune que tu craignes ;
Autour de la table où tu règnes
Tout se rapproche et se confond.

Là le sentiment se ravive,
Les cœurs se sentent dilatés,
Tous les esprits sont excités
Par celui de plus d'un convive.
Au loin bientôt le souci fuit,
L'essaim des ennuis se dissipe,
Du chagrin chacun s'émancipe,
Et sur les fronts la gaîté luit.

Si par les arts, si par les armes
La France a brillé de tout temps,
Tes biens à ces dons éclatants
Ajoutent d'infaillibles charmes.

L'amour de tes présents divins
Rend ses ennemis plus traitables,
Et même les plus implacables
L'aiment encore pour ses vins.

L'une des deux cimes du Pinde
Reconnaît ta divinité,
Et tu sus plaire à la Beauté
Comme tu triomphas de l'Inde.
Dieu des amants et des buveurs,
Dieu des guerriers et des poètes,
Par tous ces titres à nos fêtes
Tu dois tes puissantes faveurs.

Ici l'on porte honneur aux Braves,
A tous ces soldats généreux,
D'un naufrage encor glorieux
Pour nous précieuses épaves.
La Beauté près de la Valeur
En ces lieux fière d'avoir place
De nos sentiments avec grâce
Partage toute la chaleur.

Ces fils de Mars, vivante histoire
D'un temps héroïque entre tous,
A bon droit demeurent pour nous
Les représentants de la Gloire.

De leur malheur même l'excès
N'a pu détruire leur prestige,
Et leurs faits restent un prodige
Qui nous rend fiers d'être Français.

Consacre donc, Bacchus, l'hommage
Que nous rendons, pleins de respect,
A ces exploits dont leur aspect
Nous renouvelle ici l'image.
Etends à tous ces fronts guerriers
Le double éclat qui t'environne
En leur tressant une couronne
De pampres mêlés de lauriers.

Et nous, étrangers à leurs guerres,
Mais leurs constants admirateurs,
A nos *vivat* les plus flatteurs
Joignons pour eux le choc des verres.
En leur honneur que les bouchons
Frappent à grand bruit ces murailles,
Autant qu'ils ont vu de batailles
Vidons, s'il se peut, de flacons.

Cette petite pièce de vers ne fut pas récitée dans la réunion
dont le projet, connu d'avance par l'auteur, lui en avait fait
naître l'idée. De la position où il se trouvait alors, ce morceau, si

peu de chose en lui-même, empruntait pour lui une importance
énorme. Sa récitation, compromettante au plus haut degré dans
une réunion qui déjà ne l'était pas médiocrement, eût été un véritable acte de folie. De plus, elle serait allée directement contre la
résolution récemment prise par l'auteur d'éviter tout ce qui pourrait réveiller le souvenir de quelques anciennes productions, et
cela pour se mettre autant que possible, dans telle ou telle éven-
tualité, à l'abri de toute *commande de vers officiels* qu'il devait
être pour lui presque aussi dangereux de refuser qu'impossible de
faire. Heureusement cette extrémité, qu'à deux reprises différen-
tes il avait eu à subir sous l'Empire à propos de l'homme du pouvoir d'alors, ne se renouvela pas dans les temps qui suivirent.
Tout se borna à quelques conseils privés et bienveillants auxquels on pouvait sans trop de risque faire la sourde oreille.

ODE

SUR LA MORT DE NAPOLÉON

(1821)

De ces rocs sourcilleux, triste île sans rivage,
Lieu morne et désolé, solitude sauvage,
Que le vaste Océan cache dans ses déserts,
Tout-à-coup une voix solennelle et perçante
A travers le fracas de l'onde mugissante
     S'est fait entendre dans les airs.

C'est dans son vol bruyant l'ardente Renommée
Qui portant jusqu'aux cieux sa parole enflammée,
Dit que Napoléon a terminé son sort;
Et pour le répéter s'élevant sur les ondes,
D'un lamentable accent l'écho des mers profondes
     Redit : *Napoléon est mort.*

Devant cette clameur jusqu'à nous redoublée
L'Europe a tressailli, la France s'est troublée,
En tous lieux des guerriers les cœurs se sont émus ;
Et déjà s'envolant au séjour du tonnerre,
La Gloire toute en pleurs abandonne la terre,
     Où Napoléon ne vit plus.

Comment est-il tombé, le géant des batailles ?
En quel jour glorieux de nobles funérailles
L'ont donc vaincu ces rois qu'il frappa si souvent ?
Et comment celui-là qui remplissait le monde
En avait-il au bruit de sa chute profonde
     Déjà disparu tout vivant ?

Réponds, terrible Hiver, toi dont la main de glace
Vint en nous accablant ressusciter l'audace
De ces rois envers lui tant de fois parjurés ;
Répondez au-dehors, au-dedans de nos portes,
Traîtres de tous les lieux et de toutes les sortes
     Pour sa ruine conjurés.

Réponds surtout, réponds, implacable ennemie
Dont la haine en tout temps dans le crime affermie
Epuisa contre lui l'art de la trahison,
Albion, redis-nous par quel coup détestable
Pour l'asile promis à son sort lamentable
     Il ne trouva qu'une prison.

Réponds aussi toi-même, ô héros magnanime !
Toi qui ne voulus point pour éviter l'abîme
Permettre à tes guerriers un seul combat de plus,
Et dédaignant le soin de ta propre défense,
Mis fin à leurs travaux sitôt que pour la France
          Tu pus les croire superflus.

Mais fallait-il encore, hélas ! que ta grande âme
Crût si fort au respect que le malheur réclame,
Qu'elle le supposât même chez Albion ?
Etait-ce une espérance enfin à toi permise
Qu'on vît jamais s'ouvrir les bords de la Tamise,
          Pour abriter Napoléon ?

O noble confiance indignement trahie !
Arrête, infortuné, ne livre point ta vie !
L'ombre de ce navire est une ombre de mort :
Tout en est, jusqu'au nom, de sinistre présage ;
Son bord est un écueil où tu feras naufrage
          Avant d'avoir quitté le port.

Tenant un voile épais sur leurs projets sinistres,
D'un prince dégradé les infâmes ministres
Ont repris contre toi leurs complots favoris ;
Et pour t'assassiner ces lâches insulaires
Font de ta propre foi dans leurs lois tutélaires
          Un piége indigne où tu péris.

Aux vengeances des rois mariant leur vengeance,
Pour prix de tant de haine ils ont reçu d'avance
L'emploi de t'immoler à la haine d'eux tous ;
Et tous par ce navire instrument de leur crime,
Entre le monde et toi mettant bientôt l'abîme,
    Te frapperont des mêmes coups.

A peine en invoquant l'hospitalité sainte
De leur vaisseau maudit a-t-il franchi l'enceinte,
Que de sa liberté la dernière heure a fui,
Et qu'en ce même instant, où ses destins s'achèvent,
La terre tout entière à laquelle ils l'enlèvent,
    A cessé d'exister pour lui.

Sur un pic menaçant dont l'horrible structure
Fait un donjon affreux d'un jeu de la Nature
Ils vont le confiner au sein des flots amers.
Là leur rage et leur peur se sont un peu calmées ;
La terre sous ses pas enfantait des armées,
    Ils l'ont suspendu sur les mers.

Là tous ses ennemis, barbares avec joie,
Par un bourreau titré s'acharnant sur leur proie,
A ses coups incessants l'ont livré sans retour ;
Là de ses maux sans fin la sentence est portée ;
Sainte-Hélène est pour lui le roc de Prométhée,
    Et Hudson-Love le vautour.

C'est peu que pour ce lieu d'horreur et de tristesse
Il soit par eux au fils qu'élevait sa tendresse,
A l'air libre, au repos sans espoir arraché,
Et pour voir de ses jours sur ce rocher funeste
Dans l'ombre de la mort s'écouler tout le reste,
    Du monde à jamais retranché :

Pour eux il faut encor joindre à cette agonie
La prison, le besoin, l'insulte, l'avanie :
On dirait, à leurs coups chaque jour plus hardis,
Que le passé leur pèse, et qu'à force d'outrages
Ils voudraient maintenant effacer les hommages
    Dont ils le fatiguaient jadis.

Dans les maux continus qu'il endure en silence
De vingt ans de revers savourant la vengeance,
Ils sont fiers de pouvoir torturer le héros :
Leur misérable orgueil s'en fait une victoire ;
Ils pensent figurer en juges de la gloire,
    Parce qu'ils en sont les bourreaux.

Nul d'eux n'entend la voix qui leur redit sans cesse
Que sa grandeur s'accroît de toute leur bassesse,
Qu'aux yeux de l'avenir ils doublent sa valeur,
Et qu'en un rang à part mettant sa destinée,
Ils montreront encor sa gloire couronnée
    Par la majesté du malheur.

En vain dans cette honte ils espèrent l'abattre ;
Sa seule dignité lui suffit à rabattre
Les traits dont contre lui s'arme leur lâcheté ;
Et par le froid mépris qui sur son front respire
La victime debout conserve encor l'empire
      Sur le bourreau déconcerté.

Du haut de cette gloire où son calme se fonde
Dominant le malheur comme autrefois le monde,
Tranquille dans les fers comme la foudre en main,
Il reste sans effort jusqu'au moment suprême
Toujours fier, toujours grand et semblable à lui-même,
      Toujours l'honneur du genre humain.

En face du destin, que sa force désarme,
De l'exil pour les siens il fait encor le charme
Par tout ce qu'à l'esprit ajoute la bonté,
Et dicte son histoire à des plumes fidèles
Traduisant sa parole en pages immortelles,
      Qu'il voue à la postérité.

Mais si le sort cruel n'a pas brisé son âme,
D'obscurs agents de mort devaient user la trame
De ses jours qu'à leurs coups rien n'a pu dérober ;
Et cinq hivers à peine ont passé sur sa tête,
Qu'en lui le corps fléchit sous un mal qui s'apprête
      A le faire enfin succomber.

C'est en vain que pour lui le flambeau de la vie
Par moments se ranime au feu de son génie
De la Mort qui s'étonne interrompant les lois,
Et permet que sa main encor puissante et sûre
De son terrible legs jette la flétrissure
  Au front déshonoré des rois :

D'un climat meurtrier l'influence funeste,
Cette immobilité que tout son sang déteste,
Ont amené l'instant qui doit le voir périr :
L'ouragan est le glas de son heure dernière ;
C'en est fait, sur ce roc et dans cette misère,
  Napoléon, tu vas mourir.

Soleil de nos beaux jours, astre nouveau du monde,
Sur toi la pâle Mort jetant son voile immonde,
Dans ses affreux replis t'enveloppe et t'éteint ;
Et je me crois moi-même en ces instants funèbres ;
Avec la terre en deuil plongé dans les ténèbres
  Par le même coup qui t'atteint.

O douleur ! ô regrets ! ô jour trois fois néfaste !
O de ta triste fin déplorable contraste
Avec ton nom si grand, ton sort jadis si beau !
Dans ce rocher perdu sur l'abîme des ondes
Faut-il voir du héros qu'admiraient les deux mondes
  Le lit de mort et le tombeau ?

Mais que fais-je ? Et pourquoi cette plainte importune,
Quand après tant d'éclat, l'excès de l'infortune
Est devenu pour toi le comble de l'honneur,
Et t'a fait terminer ta carrière héroïque
Par montrer au grand jour de ton âme stoïque
     Toute la force et la hauteur.

Entre tant de héros que l'histoire renomme
Tu paraîtras à tous le plus complet grand homme
Qu'au faîte de la gloire on trouve parvenu ;
Et le monde étonné d'une vie aussi pleine
Dira qu'elle a pour lui de la grandeur humaine
     Reculé le terme connu.

Et ce pic, dont le front dressé dans les nuages
Brave les coups du temps, des flots et des orages,
Ce rocher par ta mort à jamais consacré,
Trône fait pour ton ombre et de ta gloire emblème,
Semble un arc triomphal par la Nature même
     Pour toi d'avance préparé.

Oui, de tes ennemis la haine envenimée
A d'un nouveau prestige accru ta renommée
Par ce tombeau si rare et si monumental,
Et d'un lustre éternel doublé pour toi l'augure
En donnant pour toujours à ta grande figure
     Ce formidable piédestal.

C'est sur lui que trouvant leur complète harmonie,
Ta vie et ton trépas, ton âme et ton génie
D'une égale splendeur brillent à l'unisson ;
Et d'un sort sans pareil compléments symboliques,
Cette fin, ce tombeau demeureront uniques,
      Comme le fut Napoléon.

ODE A THISBÉ

(1828)

Voila donc, beauté dépravée,
Pour ton désespoir arrivée
La fin de tes déportements !
Tu vas, déplorant leur absence,
En trouver dans ton impuissance
Le plus cruel des châtiments.

Sur ta personne et ton visage
Le temps a marqué son passage
Par des outrages répétés,
Et leurs traces ineffaçables
Rendent déjà méconnaissables
Tes dons les plus incontestés.

Vainement tu te dissimules
Et pour te masquer accumules
Les couleurs sur ton teint blafard :
Elles n'y fond qu'un vil emplâtre ;
Tes lis ne sont rien que du plâtre
Et tes roses rien que du fard.

A travers la femme vermeille
De toutes parts perce la vieille
Qui s'apprête à la remplacer,
Et que sans bruit, témoins perfides,
Signalent de naissantes rides
Qu'un sourire fait grimacer.

Plus lente devient ton allure,
Des longs flots de ta chevelure
Le jais pâlit et se déteint,
Toutes tes grâces disparaissent,
Tes traits s'altèrent et s'affaissent,
Ton corps fléchit, ton œil s'éteint.

Que peut contre tant de misères
Tout ce fruit d'amours mercenaires,
Ce luxe étalé sans pudeur,
Qui ne fait briller que ta honte
Et pour le public qu'il affronte
Te chamarre de déshonneur ?

Que peuvent tous les cosmétiques
Et tes mines et tes pratiques
Pour ton empire condamné ?
Avec tout ce vain artifice
Tu n'es plus qu'un vieil édifice
Péniblement badigeonné.

De plus en plus clair et lisible,
De tes ans le chiffre visible,
A tous se montre sur ton front,
Et dans la ville qui ricane
De reste usé de Courtisane
Te vaut le titre plein d'affront.

Tous ces amants par convoitise
Que le caprice et la sottise
Amenaient jadis sur tes pas
Sont fiers, et près de toi la foule
Passe indifférente et s'écoule
Sans plus songer à tes appas.

Malgré tes regrets et tes larmes,
Tu le vois, il faut de tes charmes
Cesser le commode trafic,
Et rester enfin toute entière
A ce mari si débonnaire
Qui t'épousa pour le public.

ODE SUR L'AUTOMNE

I

Reprenant ses courses lointaines,
L'Astre du jour moins près de nous
De rayons maintenant plus doux
Caresse les monts et les plaines;
A ses bienfaisantes chaleurs
Les eaux du ciel entremêlées
Ont fait aux campagnes brûlées
Revenir toutes leurs couleurs.

Voici la saison attendue
Qu'avec charme on revoit toujours;
Entre l'hiver et les beaux jours
Déjà l'année est suspendue :

Aux champs hâtons-nous de jouir
Des plaisirs qu'elle nous apporte
Avant que le Temps qui l'emporte
Ait pu la faire évanouir.

Sur son déclin de la jeunesse
Pour elle retrouvant les lois,
De l'éclat de ses premiers mois
Elle fait briller sa vieillesse ;
Mais encor meilleure qu'alors,
Ce qu'ils promirent elle assure,
Et de la féconde Nature
Nous livre enfin tous les trésors.

Voyez de nos moissons nouvelles
Dans la campagne encore épars
Ces larges cônes aux regards
Offrant des amas de javelles :
Ces monceaux amples et nombreux,
Dans leurs flancs portant l'abondance,
Plaisent par leur seule présence
Et réjouissent tous les yeux.

Sous les biens qui s'y multiplient
Voyez aux coteaux, aux vergers
Les rameaux naguère légers
Qui déjà fléchissent et plient.

A leurs dons partout miroitants,
Bacchus à la fois et Pomone
Semblent dans les fruits de l'automne
Nous rendre les fleurs du printemps.

Pour des promenades champêtres
C'est le temps des excursions
Et des charmantes stations
Au pied des tilleuls et des hêtres ;
C'est le temps des joyeux propos
Et des aimables causeries
Sur le vert tapis des prairies
Ou le bord ombragé des eaux.

Mais ce qui peut flatter la vue
Dans la campagne n'est pas tout ;
Comus la trouve aussi partout
Pour le goût largement pourvue :
Le plomb rapide en son honneur
Multipliant les sacrifices,
Fait abonder dans ses offices
Les dons savoureux du veneur.

Les eaux avidement fouillées
Jusque dans leurs gouffres mouvants
Pour lui de leurs trésors vivants
Par le pêcheur sont dépouillées,

Et mûrs du jour au lendemain,
Les grappes, les fruits délectables
Sur l'édifice de ses tables
Attirent les yeux et la main.

Il faut ouvrir les fruiteries :
Le Temps sans relâche a marché,
Et de son aile il a touché
Ces récoltes par lui mûries :
Parfois la brume paraissant
Leur a fait sentir ses atteintes,
Et jeté sur leurs vives teintes
Le voile d'un givre naissant.

A tout cueillir enfin s'emploient
Dans les vergers les travailleurs,
Sur les coteaux les vendangeurs
En longues files se déploient :
Bientôt le vin coule à grands flots
Du fond de ses cuves fumantes,
Et dans les mannes odorantes
S'entassent les fruits des enclos.

Mais d'abondance et d'allégresse
Ces jours rapidement passés
Sont tout aussitôt remplacés
Par des jours empreints de tristesse :

De doux trésors à recueillir
L'aspect ne charme plus la vue,
Et la campagne dépourvue
Aujourd'hui semble nous faillir.

Ces arbres qu'on voyait la veille
De fruits richement émaillés
Restent maintenant dépouillés
De ce qui faisait leur merveille ;
Ces pampres des coteaux honneur,
Ravagés et sans apparence,
Ne trouvent plus qu'indifférence
Dans l'œil distrait du promeneur.

A tout ce deuil par intervalles
Sur les hauteurs, dans les vallons,
Viennent encor des aquilons
Se mêler de sourdes rafales.
Le bruit sinistre et menaçant
Que dans les bois ils font entendre
Nous dit qu'il faut bientôt s'attendre
A leur empire renaissant.

Avant que l'hiver se déchaîne
Le colon hâtant ses travaux,
Confie à des sillons nouveaux
L'espoir de la moisson prochaine,

Tandis que des batteurs de blé
Le concert lourd et monotone
Nous rappelle aussi que l'Automne
S'éloigne d'un pas redoublé.

Cependant vers l'autre hémisphère
Le soleil déjà descendu
Aux bords du ciel reste perdu
Dans les vapeurs de l'atmosphère.
Loin de lui tout se refroidit,
Des coteaux l'ombre se prolonge,
Le jour s'éteint, la nuit s'allonge,
Et la Nature s'engourdit.

Perdant leur séve trop tardive,
Les bois rougissants ou jaunis
Brillent et semblent rajeunis
Par cette couleur maladive ;
Mais bientôt morte et s'éclipsant
La feuille tombe desséchée
Et va sur la terre jonchée
Se déposer en gémissant.

Sous le coup d'averses neigeuses
Les ruisseaux, les fleuves grossis
Autour des riverains transis
Font mugir leurs ondes fangeuses ;

Devant ces frimas les troupeaux
Désertent partout les prairies
Et de leurs chaudes bergeries
Gagnent l'asile et le repos.

Tout fuit, tout pâlit, tout s'efface
Le long des lieux qui nous charmaient;
Des beautés qui les animaient
Il va ne rester que la place :
Des objets déteints et confus
L'aspect est près de disparaître
Et l'œil aussi de méconnaître
Les sites qu'il aimait le plus.

C'en est fait; dans d'immenses voiles
Le dieu multiple des saisons
Ensevelit nos horizons
Avec l'empire des étoiles;
Des brumes dont ils sont couverts
Il revêt enfin les montagnes,
Et sur la scène des campagnes
Tire le rideau des hivers.

A MA MÈRE MORTE .

ODE

C'en est donc fait, hélas ! tu me quittes, ma Mère ;
Il faut nous séparer après ma vie entière
Passée en ton giron et tes soins continus :
Mes larmes, mes regrets et ma douleur profonde
Ne sauraient un moment t'arrêter dans ce monde ;
      Demain je ne te verrai plus.

Mais quoi ! puis-je penser que je te vois encore ?
Ce pâle objet d'effroi que le trépas dévore
A ton fils désolé t'offre-t-il en ce jour ?
Est-il encore toi ce déplorable reste,
Quand hors de lui ton âme en cette nuit funeste
      Vient de s'envoler sans retour ?

11

Si mon œil te cherchant dans ta morne dépouille,
En la baignant de pleurs avec angoisse y fouille,
Il fait pour t'y trouver un inutile effort ;
Cette forme glacée, immobile, insensible,
N'est qu'un vain simulacre et qu'un néant visible,
      Triste monument de ta mort.

Tout finissait, hélas ! dans ces heures funèbres,
Où la Mort de la nuit agitant les ténèbres,
En tiers entre nous deux te rongeait jusqu'au bout,
Et de la vie en toi rompant toutes les mailles,
De son affreux labeur jusque dans mes entrailles
      Me renvoyait le contre-coup.

Ton âme c'était toi : ton âme aimable et bonne,
Forte encore et d'esprit animant ta personne,
Te faisait partout voir avec affection :
Tu fus belle, et pourtant cette qualité rare
Ne put dans un public de son estime avare
      Nuire à ta réputation.

Tu subis sans faiblir les trop rudes épreuves
Qui traversent les jours des mères et des veuves
Pour qui ne fléchit point la rigueur du destin ;
Sans changer tu portas mes changeantes fortunes,
Et tu vis sans frayeurs ni plaintes importunes
      L'avenir toujours incertain.

Ah ! lorsque sous mes yeux ce débris de ton être
Dans le champ de la mort va bientôt disparaître,
C'est moi qui de nous deux suis digne de pitié :
Ma Mère, ma nourrice et ma meilleure amie,
En me quittant ainsi tu dédoubles ma vie
      Et m'en emportes la moitié.

ODE

SUR LA MORT DU DOCTEUR BONNET

Décembre 1858

Tu nous es donc ravi, fils puissant d'Esculape,
Du milieu des vivants te voilà disparu !
Pour grossir ton convoi tout un peuple accouru
Se sent lui-même atteint par le coup qui te frappe.
Ta mort sur la cité jette un voile de deuil ;
Partout de sa douleur ta bière est entourée,
Et l'imposant concours de la foule éplorée
Fait un char triomphal d'un lugubre cercueil.

Mais ô vaine splendeur de tant d'ombre suivie !
Que fait à mes regrets ce spectacle émouvant ?
A qui se complaisait à te savoir vivant
Ces pompes de la mort rendront-elles ta vie ?

Toi que si promptement je me mis à chérir,
Sur toi, vers notre fin, quand j'avais tant d'avance,
Faut-il donc qu'à ce point ta course me devance ?
N'ai-je donc tant vécu que pour te voir mourir ?

O triste parallèle ! ô pensée importune !
Ni tes jours florissants, maintenant éclipsés,
Ni quatre-vingts hivers, sur ma tête passés,
De ta perte n'ont pu m'épargner l'infortune.
Tandis que de la terre, inutile fardeau,
En moi j'offre à la Mort une facile proie,
Son bras qui contre toi tout-à-coup se déploie
T'enlève sans pitié dans la nuit du tombeau.

On ne reverra plus cette noble stature,
Ce front calme, cet air simple avec dignité,
Ce regard pénétrant où perçait la bonté
Qu'à réunir en toi s'était plu la Nature.
Tu n'as plus, dans un cœur sincère et convaincu,
Ce triple amour des arts, des sciences, des lettres
Qui de ton art toujours illumina les maîtres,
Et dont avec éclat ton génie a vécu.

On ne t'entendra plus dans cette école illustre
Où ta voix chaque jour se faisait écouter,
Où ton brillant concours vint bientôt augmenter,
De son enseignement l'importance et le lustre ;

Où fort de tes travaux, en cent lieux renommés,
De ton art merveilleux exposant les miracles,
D'Hygie avec clarté tu rendais les oracles
Dans un cercle attentif de disciples charmés.

On ne te verra plus dans ces lieux de souffrance,
Où de tous les pays des malades venus,
Allaient contre leurs maux même les moins connus
De ton profond savoir demander l'assistance,
Ni dans ce cabinet, par la foule assiégé,
Dont elle semblait faire un temple d'Epidaure,
Et d'où chacun du mal qu'il emportait encore
Se trouvait en sortant par l'espoir soulagé.

A travers les rigueurs de ton dur ministère,
Mêlant l'affection au travail de guérir,
Tu savais la donner comme la conquérir,
Et joindre à tous tes soins son effet salutaire.
Moi par ton seul aspect, sous le fer affermi,
Tandis qu'en se jouant, ta main savante et sûre,
En moi d'un mal cruel fait cesser la torture,
Dans mon libérateur je rencontre un ami.

Ah ! pouvais-je penser que ce trépas funeste,
Lorsque tout mon désir était de te revoir,
Me viendrait sans retour enlever un espoir
Dont un cuisant mécompte est tout ce qui me reste ?

Ces souvenirs si chers et naguère si doux,
Que je gardais encor dans toute leur puissance,
Font place à la douleur d'une éternelle absence
Dont le regret amer les empoisonne tous.

Il ne faut plus, hélas ! désormais que je songe
A reparaître aux lieux témoins de nos rapports :
Ces projets où mon cœur retrouvait des transports,
L'impitoyable Mort en a fait un vain songe.
Dans ces lieux désolés, jadis si pleins de toi,
Où tout me parlerait de ta fin déplorable,
Je ne verrais plus rien qu'un séjour misérable
Dont l'image suffit pour m'en donner l'effroi.

Cette noble cité dans tous les temps célèbre,
Qui s'orne chaque jour de quelque monument,
Pour moi n'en a plus qu'un qui la fait tristement
S'offrir à mes regards sous un aspect funèbre.
Devant cet humble objet de mon culte nouveau
Son éclat disparaît et sa grandeur s'efface,
Et ma pensée enfin, pleine de ma disgrâce,
Dans tout Lyon ne cherche et ne voit qu'un tombeau.

ODE

SUR LA MORT DE JACQUES-MATHIEU BERTRAND DE DOUE

Chevalier de la Légion-d'Honneur ;
ancien Administrateur des hospices ; Président à plusieurs reprises
du Tribunal de commerce ; un des fondateurs
et ancien Président de la Société d'agriculture, sciences et arts ;
Directeur des Ecoles industrielles ;
Créateur de la Bibliothèque départementale attachée à la Société d'agriculture ;
Membre du Conseil municipal, du Conseil d'arrondissement et du Bureau d'administration
du lycée ; Membre de la Société météorologique de France ;
l'un des rares Membres étrangers de la Société géologique royale de Londres ;
Membre de plusieurs autres Sociétés savantes.

Octobre 1862

Plus de doutes, hélas ! la Mort n'a pas fait grâce ;
Notre espoir était vain et nos vœux superflus ;
Partout à la douleur maintenant ils font place,
    Mathieu Bertrand n'est plus.

Pleurez Muses, pleurez, toi surtout, Uranie,
Dont sans maîtres il sut percer tous les secrets ;
Que votre voix plaintive à notre voix unie
    Consacre nos regrets.

Pleure, triste Cité si longtemps ignorée,
Dont ses œuvres au loin répandirent le nom :
Quand tu perds un tel fils ta couronne échancrée
    Perd son plus beau fleuron.

L'amour du bien public, son unique mobile,
Lui fit fournir pour toi soixante ans de travaux
Où les fruits si divers de son concours habile
    L'ont laissé sans rivaux.

A remplir les devoirs de ses nombreux offices
Il se montra toujours prêt, actif et dispos,
Et ne compta jamais peines ni sacrifices
    De temps et de repos.

De son vaillant esprit la jeunesse éternelle
D'un esprit de vingt ans lui donnait le ressort,
Et le Temps ennemi pour venir à bout d'elle
    N'a trouvé que la Mort.

La Mort pour vaincre enfin sa robuste nature,
Contre elle avec effort a longtemps combattu ;
Elle a brisé le corps, sans voir par sa torture
    Le courage abattu.

Ton trépas, cher Bertrand, parmi nous laisse un vide
Que de longtemps encore on ne croira rempli,
Et ton nom ne saurait, malgré la Parque avide,
    Se perdre dans l'oubli.

Le coup si douloureux qui dans toi vient l'atteindre
Enlève à la Cité son plus ancien flambeau;
Ce n'est qu'en gémissant qu'elle l'a vu s'éteindre
    Dans la nuit du tombeau.

Tous ces dons que le Ciel avec tant de largesse
T'accorda comme un lot parmi nous inouï,
Savoir universel, talents, esprit, sagesse,
    Tout s'est évanoui.

Tu ne reverras plus du mont chéri de Doue
Ce vallon si riant, charme de ton séjour,
Que de ses flots d'azur la Loire qui s'y joue
    Arrose avec amour.

Tu ne parcourras plus ces paisibles retraites,
Ces lieux pleins de silence et ces bois écartés
Déployant au travers de leurs ombres discrètes
    Leurs champêtres beautés.

Il te perd sans retour ce foyer domestique,
Séjour patriarcal de paix et d'union,
Où le lien de tous et le mobile unique
    Etait l'affection.

Ta mort de mes vieux ans augmente la misère ;
Pour moi plein de rigueur s'y montre le destin :
Ma Muse, à ton début, signala ta carrière,
    Elle en pleure la fin.

Et moi qui te croyais fait pour de loin me suivre !
Sous les coups que pour moi le Temps semble compter
Chancelant je te suis et pense ne plus vivre
    Que pour te regretter.

MA LIBERTÉ

Il est donc vrai, je te possède,
Premier des biens, présent des dieux,
Liberté, comble de mes vœux,
Trésor d'un prix auquel tout cède !
Oh ! dans ce torrent de bonheur
Qui de ses flots partout m'inonde,
Quelle joie intime et profonde
Remplit et fait bondir mon cœur !

Non, non, ce n'est point un vain songe ;
Il ne viendra point de réveil
Qui de ce bonheur sans pareil
Dans mes tristesses me replonge.

Du terme d'un sort rigoureux
Je savoure en plein l'évidence,
Je tiens enfin l'indépendance,
Je suis libre! je suis heureux!

Plus de bras qui puissent m'atteindre,
Ni de devoirs me gourmander;
Sans obéir ni commander;
En paix je n'ai plus qu'à m'éteindre.
Sous tes plus riantes couleurs,
Suprême bien de ne rien être,
J'arrive enfin à te connaître
Pour m'enivrer de tes douceurs.

Que maintenant je me sens vivre!
Que je jouis bien de mes jours!
Quel charme y répandent toujours
Les pensers auxquels je me livre!
Nul ne m'en dicte un autre emploi,
Nul joug sur ma tête ne pèse,
Vers ma fin je marche à mon aise,
Et je n'ai de maître que moi.

Sans soins, sans trouble et sans affaire,
Au repos bornant mes désirs,
Je fais ici tous mes plaisirs
Du seul plaisir de ne rien faire.

Loin du noir essaim des ennuis
Les heures qui me sont données
Composent de douces journées
Que suivent de paisibles nuits.

Oh ! quand je vois chargés d'entraves,
Tour-à-tour flatteurs et flattés,
Ces mortels de leurs dignités
Brillants et superbes esclaves,
Que bien loin d'être de moitié
Dans l'erreur de qui les envie,
Pour leur laborieuse vie
Je sens quelquefois de pitié !

Tout le souci qui les obsède
Leur vient de leur propre splendeur ;
Loin qu'ils possèdent leur grandeur,
C'est leur grandeur qui les possède.
Ils n'ont de la félicité
Que ce qui trompe l'ignorance ;
Tout leur bonheur n'est qu'apparence,
Tout le mien est réalité.

Perdons, s'il se peut, la mémoire
De ces cruels événements
Qui de si douloureux moments
Ont jalonné ma longue histoire.

Oublions comme songes vains
Tous ces revers et ces mécomptes,
Et ces trahisons et ces hontes,
Et mes tourments et mes chagrins.

De tant d'ennuis et de disgrâces
Je jette au loin le souvenir ;
Je ne veux plus y revenir,
O dieux ! que pour vous rendre grâces,
Dieux qui pour en finir le cours
Par l'heureux coup qui me délivre,
Assez de jours m'avez fait vivre
Pour ainsi vivre quelques jours.

Venez les embellir encore,
Muses, par vos enchantements ;
Joignez dans ces contentements
Mon crépuscule à mon aurore.
Venez avec vos favoris,
Consacrant mon humble demeure,
Y faire briller à toute heure
L'éclat de leurs œuvres sans prix.

C'est en vain que le froid vulgaire
N'y voit que mensonge et qu'erreur ;
Non, leur effet n'est point trompeur,
Et votre pouvoir point chimère.

Le plaisir fait des vérités
De vos fictions délectables,
Et les illusions aimables
Sont d'heureuses réalités.

Qu'inspiré par ce voisinage
De vos illustres nourrissons,
Je pratique ici les leçons
Que j'en reçus dans mon jeune âge !
Que pour mes esprits engourdis
Devienne un flambeau cette flamme
Qui par leurs écrits de leur âme
Dans la mienne passait jadis !

Mais quoi ! sur ma tête chenue
Mes dix-sept lustres amassés
En s'avançant m'ont dit assez
Que pour moi la fin est venue.
Je sens qu'il n'est plus de flambeau
Pour remplir mon vœu téméraire
Que cette torche funéraire
Qui nous accompagne au tombeau.

Par le temps ma lyre faussée
Module à peine quelques sons ;
Il ne jaillit plus de chansons
Du fond de ma veine glacée.

Aux regrets maintenant réduit,
Je n'ai de mon ardeur virile
Plus rien qu'un souvenir stérile
Où les ans m'ont enfin conduit.

Mais si je ne dois plus m'attendre
A figurer dans vos concerts,
En idée encor je vous sers
Et suis heureux de vous entendre.
Jusqu'au bout fait pour vous chérir
Et ne songeant plus qu'à vous suivre,
Si sous vos lois je n'ai pu vivre,
Je pourrai du moins y mourir.

TABLE

FIN.

Le Puy, imp. Marchessou.

www.ingramcontent.com/pod-product-compliance
Lightning Source LLC
Chambersburg PA
CBHW070845030726
47504CB00005B/1222